一點都不想相親的我設下高門檻條件，結果同班同學成了婚約對象!? 2

櫻木櫻
插畫
clear

story by sakuragisakura
illustration by clear

Kadokawa Fantastic Novels

Contents

story by sakuragisakura
illustration by clear
designed by AFTERGLOW

第一章 「婚約對象」的料理

「那個～哥哥，真的很抱歉，在你們氣氛正好的時候打擾你們。」

聽到這非常歉疚的說話聲，讓由弦忽然回過神來。

愛理沙也一樣，彈開似的和由弦拉開了距離。

然後滿臉通紅地低下了頭。

「啊～彩弓，怎麼了？有什麼事嗎？」

聲音的主人是由弦的妹妹。

高瀨川彩弓。

彩弓的語氣跟表情是真的覺得很過意不去，並非在調侃他們，害他們更覺得不好意思了。

「嗯，正確來說是有件事必須告訴愛理沙姊姊才行。」

「我嗎？好的，是什麼事呢？」

愛理沙刻意清了清喉嚨之後，再好好地轉身面向彩弓。

她的表情已經變回了平常冷靜的樣子。

……臉依舊紅通通的就是了。

「愛理沙姊姊，事情不好了。電車停駛了。」

「「咦？」」

※

根據彩弓的說明，就在不久之前發生了一起輕微的交通事故。

雖說幸好沒有人員傷亡……但是電車因此暫時停駛了。

目前還不確定何時才能恢復正常運行。

就算恢復運行，也一定會擠滿了人。

「所以說愛理沙小姐，妳怎麼想？以我個人來說……擠滿人潮的深夜電車在各方面上都很危險，我是不想讓妳這樣回去。」

由弦的父親。

高瀨川和彌以溫和但強硬的口氣對愛理沙這麼說。

就算讓由弦當護衛陪著她回去，擠滿了人的電車還是太危險了。

「說的……也是呢。可是這樣一來，我該怎麼回去才好……」

「我想開車送她回去是最好的解決辦法吧。」

這種時間要開車出去，很對不起司機啊。
和彌低聲說道。
高瀨川家當然有聘請專用的司機。
可是……
「不過路上也很塞吧？要很晚才能到家喔。」
由弦的母親。
高瀨川彩由說出了她對公路車流狀況的擔心。
本來公路就因為來參加這場祭典的人潮而有些塞車的現象。
現在再加上電車停駛的影響，有很多人會叫計程車或是請人開車來接送，車流量會變得更大，絕對會塞車。
「媽，說是這樣說，但既不能要她走路回去，也不能讓她搭電車回去，那開車送她是最妥善的作法了吧？愛理沙，妳說對吧？」
由弦詢問身為當事人的愛理沙。愛理沙輕輕點頭。
「是的，既然碰上了交通事故，那也無可奈何……雖然這樣會給由弦同學和高瀨川家的各位添麻煩，不過若是能請人開車送我回去，那真是感激不盡。」
兩人說完後，彩弓便賊笑著插嘴打趣地說道。
「哎呀？你們到剛剛為止明明都還是用姓氏來稱呼對方的，什麼時候改成互相叫名字啦？感情變得還真好呢。我看你們抱在一起，是在做什麼？」
彩弓這番調侃他們的話，讓由弦覺得自己的臉頰熱了起來。
愛理沙也想起了自己先前的失態吧，害羞地低下頭。
「這還真是……」
「哎呀哎呀。」
和彌苦笑，彩由則是開心地笑著。
由弦刻意清了清喉嚨。
「現在那件事不重要吧，重要的是愛理沙要怎麼回去。要開車送她的話，早點出發比較……」
「我想到了一個好點子，可以說嗎？」
彩弓打斷了由弦的話，如此說道。
所有人的視線都聚集到彩弓身上。
「讓她在這裡住一晚，怎麼樣？」
彩弓洋洋得意地說。
由弦皺起了眉頭，心想她在說什麼啊？
「不，那種事……」
「也沒什麼不妥吧。又不是要你們睡在同一間房裡。而且就算是開車，半夜依舊很危險吧？對司機也很過意不去，愛理沙姊姊也會很累。這時候應該在這裡住一晚，明天再悠哉地回去比較好吧？」

彩弓的提議聽起來很合理。

雖然只有由弦和愛理沙兩人單獨過夜的話，事情就不得了了，可是既然有父母和妹妹確實地監視著，便不會做出不該做的事。

而且說穿了，由弦和愛理沙是交往中的情侶（對外來說是這樣），所以就算真的做了什麼事，也不會被追究……當然是沒這麼好的事，不過只是睡在同一個屋簷下的話，沒什麼問題吧。

「可是換洗的衣服該怎麼辦？愛理沙只帶了外出服跟浴衣來喔。」

他話是沒說得那麼白，但是女孩子應該不想穿著同一套內衣褲過夜吧。

穿外出服不好睡，穿浴衣睡又會弄皺浴衣，也不好……話是這麼說，然而愛理沙也沒有帶睡衣來。

「睡衣只要借媽媽的來穿就好了吧？內衣褲之類的東西，便利商店就有賣了。毛巾跟棉被家裡就有。只是住個一晚，我想應該沒問題吧。」

「的確……妳說的也沒錯。」

由弦低聲說完後，看向和彌和彩由。

兩人都點了點頭。

「要怎麼做我都不介意。」

「我是比較希望她住下來呢。我也想多問問小愛理沙關於由弦的事。」

由於兩人都同意了，由弦看向愛理沙。

面對一臉不知所措的愛理沙，由弦開口問道。

「看來是這樣。妳要是願意，不妨就住下來吧。不用覺得會給我們添麻煩，選妳喜歡的就好……怎麼樣？」

「……這樣啊。」

愛理沙稍微思考了一下之後，點了點頭。

「那……我就接受各位的好意了。」

於是就確定愛理沙要在此留宿一晚了。

※

愛理沙跟和彌與天城直樹聯絡後，他只說了「若是高瀨川先生家，我可以放心讓女兒留宿」，乾脆地答應讓愛理沙外宿。

接著在彩由的陪同下，她們去附近的便利商店買了內衣褲等必要的東西。

因為在祭典上邊走邊吃就算是吃過晚餐，愛理沙便先去洗澡了。

然後……

「雖然說是我的浴衣……不過小愛理沙妳穿起來還好嗎？尺寸上沒問題吧？」

「嗯，正好合身。」

愛理沙這麼回答道。

愛理沙身上穿的是彩由拿來當成睡衣的浴衣。

不是在祭典那種熱鬧場合穿的漂亮浴衣，顏色是豆沙色，非常樸素，上面也沒有任何圖案。

或許是因為剛洗好澡吧，愛理沙亞麻色的頭髮帶著些許水氣。

肌膚染上了淡淡的薔薇色，氣色也很好。

也或許是因為這樣，讓她看起來有點……不，是相當誘人。

再加上愛理沙雖然說「正好合身」……可是感覺尺寸好像不太合。

尤其是胸部附近的尺寸特別不合。

穿起來有點緊繃，胸部附近看起來很難受的樣子。

不過愛理沙似乎不是很在意這件事。

應該說，或許是因為她本來穿和服的經驗就不多，所以她看來像是認為「穿和服就是這樣吧」而接受了這件事。

「那由弦，接下來換你去洗澡吧。我們要趁這時侯來問問小愛理沙關於由弦的事。」

「好好好……愛理沙，拜託妳可別說什麼奇怪的話喔？」
「我會好好守住由弦同學的名聲的。」
這說法聽起來簡直就像是在告訴彩由她們有發生過丟臉的事。
儘管如此，在由弦的記憶範圍內，並沒有不能讓家人知道的事。
由弦迅速地去洗澡了。

洗好澡回到客廳後，只見愛理沙和高瀨川一家人正熱熱鬧鬧地聊著天。
看來他們是拿了愛理沙帶來的伴手禮配茶，在談論由弦的往事。
「啊，哥哥。我們現在正在聊哥哥你喔。」
「這我知道，你們在聊哪方面的事啊？」
由弦邊說邊坐到愛理沙身邊，伸手拿了堆放在桌子中間的點心。
他拆開包裝，將點心送入口中。
看來這是適合冰過後再吃的西式甜點。
挑點心的品味還不錯嘛。由弦對愛理沙養父的評價提升了。
當然這無關他的人格，僅針對他的能力。
「我們在說由弦從以前就是個不會好好收拾東西的孩子。拿了玩具出來就到處亂丟。遊戲也是玩了就放在那邊不收。」

「為了教會由弦要把玩過的東西收回去，費了我好一番功夫呢。像是他不過是把一個玩具收回箱子裡，就要大肆誇獎他之類的。」

「「對吧～」」和彌和彩由開心地說著。

就算是由弦，也會把拿出來的東西給收回去，所以這恐怕是他還在讀幼稚園或是剛上小學，年紀還小的時候發生的事吧。

「每個小孩子都是這樣吧……這話題哪裡有趣了啊？」

由弦邊喝著麥茶邊問道。

只見和彌和彩由看了看彼此，開心地笑了。

「你雖然會收玩具了，但還是不會收拾自己的房間吧？」

「我在我的房間裡做什麼是我個人的自由吧！你總是這樣說，也不讓人幫你打掃。」

「……那又怎樣？」

由弦覺得自己好像掌握住話題的走向了。

不久之前的由弦，還是個不會好好整理自己私人空間的人。

不過現在不同了。

認識愛理沙之後，他變得會打掃房間了。

「我們在想愛理沙小姐到底是怎麼『教會』你的。」

「明明我講了那麼多次都沒用的，結果女朋友一說你就乖乖聽話。媽媽我都要吃醋了。」

「哥哥你是有讓愛理沙姊姊摸摸你的頭，誇獎你說『你會收拾房間，好了不起喔～』這樣嗎？」

和彌、彩由、彩弓說了這些話來調侃他。

就算是由弦，被說成這樣還是覺得很丟臉，有些不滿。

由弦看向想必是說了這件事的愛理沙……只見她一臉歉疚地縮起了身子。

「對、對不起。那個，我沒有惡意……我只是想說明現在的由弦同學是個會打掃自己的房間，相當出色的人而已。」

「……唉，妳沒做錯事。是這些傢伙不好。」

由弦安慰完愛理沙之後……瞪了一眼父母和妹妹。

儘管如此，他以前不會打掃房間也是事實，關於這點，他也無法反駁父母。

所以……

「彩弓，妳還不是不會打掃，房間裡亂成一團吧。」

「哥、哥哥！你擅自偷看了我的房間嗎？」

「不，我只是憑想像說的。不過看妳這反應，我說中了吧。」

彩弓皺起臉，一副被戳到痛處的樣子。

她連忙搖頭。

「才、才沒有。我房間才不亂咧！」
「那……請愛理沙和媽媽確認一下吧？如果是同性進去就沒關係了吧。」
「不、不行！這樣是在侵害我的個人隱私權！」
就在由弦和彩弓拌嘴之際……
愛理沙似乎覺得很有趣，輕笑出聲。
「啊～！愛理沙姊姊好過分！妳笑我！」
「呵呵，對不起。我只是想說你們兄妹感情真好。」
說出這話的愛理沙看起來非常開心，神情中卻帶著些許嚮往。

※

愛理沙和高瀨川一家的歡談時光結束時，時鐘的指針已經指向了十二點的位置。
由弦帶愛理沙來到客房，從櫥櫃中拿出棉被。
「抱歉，還讓你幫我鋪床。」
「別在意，畢竟妳是客人啊。」
鋪好床鋪之後，由弦問愛理沙。
「妳知道廁所在哪裡吧？」

「嗯，這我知道。」
「這樣啊。要是口渴了，妳可以自己開冰箱拿麥茶喝……還有什麼在意的事情嗎？」
由弦這樣一問，愛理沙的臉上便浮現出猶豫的神情。
接著她略帶不安地看向天花板，看著電燈。
「那個，這裡……有橘色的燈嗎？」
「橘色的燈？……妳是指夜燈嗎？就是介於全亮跟全暗之間的那種燈。」
「對，就是那個。」
愛理沙輕輕點了點頭。
她非常不安，又很不好意思地向由弦坦白。
「我、我……很怕黑。所以我沒有開著夜燈就睡不著……這、這裡有夜燈嗎？」
「這點妳放心吧。來，這是遙控器。」
由弦把電燈的遙控器，順便連空調的遙控器也一併拿給了她。
愛理沙按下電燈遙控器上的按鈕。
房裡雖然稍微暗了下來……
但橘色的燈光仍亮得足以看見周遭。
愛理沙呼地輕嘆了一口氣。
「那愛理沙，晚安……如果有什麼事，就到我房間來找我。」

「好，我知道了。晚安。」

由弦對愛理沙揮揮手之後，關上了拉門。

※

「嗯？」

半夜。

由弦忽然醒了過來。

因為他發現手機發出了提示聲。

他半夢半醒地看了看手機……是愛理沙傳了訊息來。

抱歉在半夜打擾你，希望你能來一下我睡的房間。

訊息中寫了這樣的內容。

「嗯……我記得我有跟她說，有事就過來找我啊……」

是我忘了說嗎？

儘管由弦心裡有些疑惑，依舊走向了愛理沙所在的房間。

他一邊留意著不要吵醒家人，一邊走到了客房前。

愛理沙的房間很亮，開著燈。

由弦打開拉門後……

「咿！啊，由弦同學……」

愛理沙嚇得身體一震……

然後露出鬆了一口氣的表情。

「怎麼了？愛理沙。發生什麼事了嗎？」

「那、那個……其實要拜託你這種事情，我也覺得實在不太像話……」

愛理沙羞紅了臉，有些扭扭捏捏的。

從她微微敞開的浴衣縫隙間，可以看見白皙的肌膚和內衣。

由弦不禁嚥了一口口水。

「怎麼了？」

「那個，我、我希望你可以陪我去洗手間……」

「廁所？……我沒告訴妳廁所在哪裡嗎？」

他應該有跟愛理沙說過離客房最近的廁所在哪裡。

是愛理沙聽不懂他的說明嗎？還是忘記了？

由弦不解地歪著頭。

「不、不是……那個，我是記得你跟我說的地方在哪裡。可是……」

「嗯。」

「我、我……怕、怕得不敢去……」

愛理沙視線低垂，羞怯地說道。

「……原來如此。」

要沒有夜燈就睡不著覺的愛理沙獨自在黑暗中走去廁所，或許有困難吧。

可是他忽然冒出了一個疑問。

那只要開燈就好了吧？

在由弦開口問她這件事之前，愛理沙宛如在找藉口似的連忙補充道。

「那、那個，我也不是很清楚電燈的開關在哪裡……而且我怕開太多燈，會打擾到你們……」

「是這樣啊。」

不熟悉地形——雖然在建築物內該說是格局——的愛理沙，很難在黑暗中找到電燈的開關吧。

之所以會用手機傳訊息過來，也是因為她沒辦法走到由弦的房間。

這是由弦設想得不夠周到。

「抱歉。唉，不過我還是說一句……這個房間離我們的寢室有一段距離，家裡也有好幾間廁所，所以只要不大聲吵鬧，是不會打擾到其他人的。」

愛理沙借住的房間是客房。

高瀨川家裡有好幾間供客人使用的寢室及會客室。
當然，也有供客人使用的廁所。
「啊，嗯……經、經你這麼一說，的確是這樣……對不起。」
「不，沒關係啦，我應該說得更詳細一點的。我們一起去吧。」
由弦如此答覆後，愛理沙點點頭。
兩人一邊打開電燈，一邊走向了廁所。

去過廁所後，愛理沙稍微彎身向由弦致歉。
「……抱歉給你添麻煩了。」
她一副事到如今又害羞起來的樣子，連耳朵都紅透了。
「哎呀，每個人都會有一兩樣害怕的事情嘛。」
由弦安慰愛理沙。
然後兩人反過來，一邊關燈一邊沿著原路回去時……
嘰呀……
走廊上傳出了微弱的木頭擠壓聲。
「呀啊！」
接著愛理沙便發出奇怪的驚呼聲，抱住了由弦。

她好像嚇得六神無主，緊緊地抱著由弦的身體。

「喂、喂，愛理沙……」

這下換由弦嚇到了。

因為忽然有個柔軟的東西壓上了他的手臂。

周遭有些陰暗，看不清楚這一點也讓觸覺變得更加敏感，並激發了他的想像力。

「那、那個……其、其實我不敢來，還有一個原因……」

「原因？」

「就、就是……一開始我想說，就算只有我一個人，我也能努力過來的。可、可是，一旦覺得這裡很有那種氣氛之後，我、我就忽然害怕了起來……」

「……氣氛？」

由弦的腦中浮現出一個問號。不過他很快就想通了。

簡單來說，愛理沙想說的就是這個家像是會有鬼怪出沒的樣子。

「我、我不是故意要說謊的，可、可是，我覺得說這種話感覺好像很、很失禮……」

明明沒有人質問她，愛理沙卻急著解釋。

愛理沙絕對沒有說謊……不過她似乎會因為「顧慮」對方的想法，而不說出自己真正的心情。

然後事到如今，罪惡感才湧上心頭了吧。

這個性還真難搞。

「氣氛啊。我還真沒想到這點。」

「那、那個，我絕對不是在批評由弦同學家……」

「不過被妳這麼一說，的確『感覺會出現』呢。畢竟我們家很有年代了。」

由弦這麼說完後笑了。

他把愛理沙的這個「謊言」當作是玩笑話。

雖然這麼說，但他對愛理沙說的「感覺會出現」也是真心話。

因為是古老的木造建築，到了晚上確實很有那種氣氛。

會像剛剛那樣發出一些木頭擠壓的聲音也是事實。

況且日本的傳統信仰就是會有什麼「依附」在古老的東西上。

這家裡就算有一兩個座敷童子也不奇怪。

「該、該、該不會真的會出現吧？」

「不，我至今為止從來沒碰到過。我想應該不會吧。」

「這、這樣啊……如果是這樣就好了。」

儘管嘴上這麼說，她似乎還是很害怕。

她緊抱住由弦的手臂，不肯放開。

（……這在各種方面上都很不妙啊。）

愛理沙肌膚的柔軟和體溫，透過薄薄的布料傳了過來。

這些感受巧妙地刺激著由弦的本能。

又因為周遭很暗，他的腦海中不禁閃過「趁亂偷摸她應該也不會有事吧？」這種邪惡的想法。

而且他也沒辦法拋下害怕的愛理沙獨自回房。

話是這樣說，但他也不能整晚都和愛理沙待在一起。

這時……

「愛理沙，難得有這機會，要不要去賞個月再睡？」

「……什麼？」

由弦帶著愛理沙來到了離客房不遠處的檐廊。

從那裡可以看見庭院和水池。

還有……倒映在水池中的月亮。

「這也還滿有『氣氛』吧？」

「的確是呢……好美喔。」

愛理沙輕輕點頭，同意由弦說的話。

高瀨川家的庭院一直都有專用的園藝師傅在照料。

所以景色非常好。

「我在看煙火時沒有注意到……不過這裡既清靜，景色又相當雅緻，很漂亮呢。」

愛理沙這麼說，瞇細了眼睛。

她亞麻色的頭髮在月光下閃閃發光，有如金髮。

雖然和煙火一併映入眼簾的愛理沙很漂亮，不過月光照耀下的愛理沙也非常美。

由弦感到自己的心跳微微加速。

不過……這樣就能多少緩解她的恐懼了吧。

「妳喜歡就好。」

由弦和愛理沙相視而笑。

然後因為月光……他看見了愛理沙的胸口。

由弦連忙別開目光。

愛理沙則疑惑地歪著頭。

※

「嗯……真想再睡一下。」

早上起來後，由弦覺得有些倦怠。

雖說他本來就不擅長早起……不過昨天不僅走了不少路，晚上又聊到很晚，讓他更是想睡。

就在他正想睡個回籠覺之際……

「對了，今天愛理沙在。」

不能讓她看到自己太不像樣的一面。

由弦這樣一想後便爬了起來，打算去洗臉。

在他走在走廊上時……

「呼啊……啊，由弦同學。早安。」

正好碰到了愛理沙。

看來她也剛睡醒，還一副睡眼惺忪的樣子。

長長的頭髮也睡得東翹西翹。

平常總是完美無缺的愛理沙懶散的模樣雖然很有新鮮感……

「由弦同學？怎麼了嗎？」

由弦反射性地從愛理沙身上別開視線後，她疑惑地問道。

由弦抓著自己的浴衣領口，對愛理沙說。

「……妳整理一下比較好。」

愛理沙先是看向由弦的浴衣，然後又低頭看了看自己的浴衣。

臉隨即紅了起來。

因為她的浴衣有些睡亂了，可以從領口處窺見柔軟的雙峰和深谷，以及清純的白色內衣。

不僅如此，她的腰帶似乎也鬆開了，暴露出白皙的雙腿。

要是下襬再開一點，甚至能看見她的內褲吧。

……不如說現在就已經若隱若現了。

「對、對、對不起！」

愛理沙手忙腳亂地想重新穿好浴衣。

不過硬是想拉好本來就沒穿好的浴衣，只會讓狀況變得更糟。

由弦連忙轉過身去。

從身後傳來愛理沙的慘叫聲。

由弦用手指著附近的房間。

「那裡現在沒有人，妳冷靜下來，慢慢穿好吧。」

「好、好的！我、我先失陪了！」

背後傳來拉門關上的聲音。

由弦慢慢地轉身。愛理沙人已經不在那裡了，可是……

「哎呀呀……」

走廊上掉了一條細長的布。應該是浴衣的腰帶吧。

由弦撿起那條腰帶，稍微打開了拉門。他沒看裡面，只把拿著腰帶的手伸了進去。

「愛理沙，妳掉了東西。」

「對、對不起！真的非常對不起！」

把腰帶遞給她之後，由弦確實地關上了拉門。

然後一邊讓噗通作響的胸口平靜下來，一邊喃喃說道。

「拜此所賜，我整個人都醒了。」

他感慨地想著，這還真是個刺激的早晨。

※

「還麻煩你們為我準備了早餐……真是不好意思。」

在吃早餐時，愛理沙對彩由低頭致歉。

她原本是計劃要一早起來幫忙彩由準備的……可是她稍微睡晚了些，沒能實行。

「沒關係啦。小愛理沙是客人嘛。」

彩由笑咪咪地回答道。

接著叫愛理沙別在意，趕快吃早餐。

配合著愛理沙拿起筷子的動作，由弦也開始吃起早餐。

今天因為有愛理沙在，多了一道配菜……不過味道依舊跟平常一樣。

「魚肉烤得很柔軟鮮嫩，很好吃呢。」

「哎呀，小愛理沙妳真有眼光。其實我最近換了最新的烤魚機。」

彩由開心地誇讚起自己家的廚房家電有多優秀。

從她刻意不提味噌湯的味道這點看來，愛理沙也是個很老實的人。

「高瀨川家真的很大呢。打掃起來不會很辛苦嗎？」

對於平常在家要做家事的愛理沙而言，看到這麼大的房子，腦中第一個浮現的感想似乎是「打掃起來會很辛苦」。

她對彩由提出這單純的疑問。

「也不會啦。因為這些事情都交給來幫忙打理家務的人去做了。」

「啊……果然有請人來幫忙嗎？」

「當然，加上還要照顧四隻狗，這麼大的房子要我一個人做完所有家事的話，我會過勞死的。也沒辦法去上班。」

愛理沙的臉上雖然掛著討喜的笑容……不過只有由弦發現了。

愛理沙在聽到「也沒辦法去上班」這句話後，有一點點吃驚。

……看來她以為彩由是專職主婦。

畢竟以外觀或是給人的感覺來看，彩由是個悠悠哉哉的人，至少看起來不像是個有在公司上班的人吧。

順帶一提，由弦母親的職業是專修美國文學的大學教授。

「那些協助打理家務的人……在哪裡呢？」

「現在是週末，所以他們沒來。因為我們家的規定是週休二日，每天工作八小時，也有特休。」

順帶一提，協助打理家務的人姓氏分別是鈴木、佐藤、田中。

不過愛理沙今天內就會回去了，所以目前沒機會碰到他們吧。

「對了，愛理沙姊姊。我媽媽做的菜怎麼樣？好吃嗎？」

開口問愛理沙的人是彩弓。

彩弓似乎在盤算些什麼……臉上露出了可疑的笑容。

「咦？啊，嗯。當然……很好吃喔。」

「她剛剛就說好吃了吧。」

由弦對著這別有用心的小姑這麼說。

不過彩弓無視他的發言。

「沒啦，因為哥哥以前說過，愛理沙姊姊做的菜比媽媽做的還要好吃，所以我有點在意。」

彩弓的話讓愛理沙臉上的表情僵住了。
想必是在擔心被拿來和自己做的菜比較，會惹彩由不高興吧。
她隨即瞪了由弦一眼。
由弦反射性地別開眼。
「這麼說來，他確實這麼說過呢。由弦真是的，胃已經完全被小愛理沙給抓住了。媽媽我好吃醋喔。」
彩由半開玩笑地這麼說。
接著又對愛理沙眨了一下眼睛。
表示她完全不在意，不用擔心害怕。
這是彩由打給愛理沙的暗號。
愛理沙的表情也因此放鬆了些。
「……那個，畢竟料理會因為個人的味覺而有不同的喜好。從彩由小姐的料理中可以感受到妳的愛情。我覺得非常好吃。」
愛理沙雖然用這種說法來捧彩由……
但已經完全以小姑自居的彩弓，想要的並不是這種安全的回答。
「我想吃吃看愛理沙姊姊做的菜耶~可以請妳做午餐或晚餐嗎？」
「咦？可、可是……這樣……」

這時，至今為止都沒說話的和彌瞪了彩弓一眼。

「彩弓，妳看愛理沙小姐都不知該如何是好了……別這樣。」

另一方面，由弦則是對愛理沙開口說道。

「彩弓的任性要求，妳當作耳邊風就好了。別放在心上。」

然而彩由卻和彩弓一樣，對此興致勃勃的樣子。

「我……果然還是很在意耶，讓兒子讚不絕口的料理。而且要是真的很好吃，我也想要學學看怎麼做……不過也不能勉強妳呢。」

嘴上這麼說，彩由卻用期待的眼神看著愛理沙。

被彩弓和彩由兩個人用期待的目光看著的愛理沙……

紅著臉，有些畏縮地點了點頭。

「各、各位不嫌棄的話，我願意下廚……」

「「作戰成功！」」

彩由和彩弓啪的一聲，互相擊掌。

※

「真的非常抱歉。」

吃過早餐後。

由弦在借給愛理沙使用的客房和她兩人獨處後，對著愛理沙下跪道歉。

「逼得妳必須下廚。」

「由弦同學，別這樣。你太誇張了啦。快起來。」

工整漂亮的臉忽然出現在近在眼前的位置。

是愛理沙湊過來窺看由弦的表情。

這讓由弦忍不住猛地往後退，抬起了頭。

「我完全不在意。」

「不，可是……」

「如果用這種程度的事情就能回報各位，那我很樂意下廚。」

愛理沙微笑。

從她的表情可以看出她是真的沒有生氣。

「……能聽到妳這麼說真是感激不盡。我也要對於自己未多加思考，就向家人提起妳做的菜一事道歉。」

一般而言，聽到兒子說「老婆做的菜比較好吃」，母親都會不太開心。

這是為婆媳問題火上加油的行為。

就算是母親主動開口問兒子的，也不該隨便回答。

不過真要說起來……由弦和愛理沙不打算結婚，所以不會演變為婆媳問題。

再加上至少由弦相信，彩由不是會因為這種事情就生氣的人。

雖然有這些前提在……

可是就算不管這些前提，由弦還是別說些多餘的話比較好吧。

「這個嘛……知道由弦同學有向家人提過我做的菜時，我是有點不好意思。」

愛理沙肌膚微微泛紅，害羞地搔著臉頰這麼說。

然後由下往上看著由弦，害羞地扭捏了起來。

「不過我很高興。因為我知道……你是真心這麼認為的。」

「我記得我之前就有跟妳說過，妳做的菜很好吃了吧。」

「因為不太會有人嫌棄人家做的菜不好吃吧？」

照常理來說，說對方做的菜不好吃或是嫌東嫌西，是很沒禮貌的行為。

當然，如果是在餐廳吃的東西，事後批評是沒什麼關係……

可是愛理沙是無償下廚做料理給由弦吃的。

根據常識來判斷，由弦會說「好吃」也是理所當然的吧。

「我當然知道由弦同學並不是在說客套話。畢竟你說了好幾次想要再多吃一點。所以……也就是說，你是覺得我做的菜好吃到了讓你想向家人炫耀的程度吧。重新體認到這件事，讓我覺得很高興。」

然後愛理沙嘆了一小口氣。

「我可以抱怨一下嗎？」

「儘管說到妳滿意為止。」

由弦這麼說，重重點頭。

愛理沙用輕到微乎其微的聲音道謝後，把心裡想的一切說了出來。

「我的家人……我是不知道他們能不能稱之為家人，不過那些人從來沒有說過我做的菜好吃。」

愛理沙的眼睛蒙上了一層陰霾。

她低下頭，用相當痛苦的語氣說出心中的祕密。

「我其實……一點都不喜歡下廚。是被迫……不，抱歉。這樣說太卑鄙了。沒有人直接命令我去下廚。只是在家裡，由我來煮飯成了理所當然的事情……所以我也無法拒絕。」

然後她自嘲地笑了笑。

她肩膀微微顫抖，露出笑容的樣子，讓人看了實在不忍心。

「我之所以會變得擅長下廚，只是因為我不想挨罵。這一切的一切都是這樣的。不是我自己主動想去做……只是因為我很害怕。根本不是什麼值得自豪的事。」

接著，愛理沙深深地嘆了一口氣。

然後用濕潤的眼睛凝視著由弦，笑了笑。

她臉上的笑容像是想裝出開朗的樣子，有些僵硬。

「所以聽到由弦同學的讚賞，我真的很開心。就算只是客套話也一樣。後來我知道由弦同學是真心覺得我做的菜很好吃，我真的高興得都快要飛上天了……這還是第一次。」

從愛理沙的眼角流下了一滴淚水。

儘管如此，愛理沙仍然笑著繼續說道。

「這是我第一次自己主動想要下廚。我想做飯給你吃，才會每週過去。這也是我第一次，覺得自己很擅長做菜真是太好了。所以……」

「愛理沙。」

由弦輕聲喚了她的名字。

然後抱住了表情有些驚訝的她。

由弦讓她的臉靠到自己的胸膛上。

愛理沙就這樣任由弦抱著。

他溫柔地撫摸著愛理沙的頭髮。

「妳很努力了。」

「……嗯。」

在這短暫的時間內，愛理沙弄濕了由弦的胸口。

能聽見她啜泣聲的時間僅有數分鐘。

她很快地抬起頭，用手指拭去眼角的淚水。

「不行呢……只要和由弦同學在一起，我就會忍不住落淚。」

「這話是在責怪我嗎？」

由弦半開玩笑地回問之後，愛理沙輕聲笑著回答。

「是啊。由弦同學是個壞人……讓人忍不住想對你撒嬌。」

或許是因為將心中的鬱悶一吐為快了吧。

愛理沙的表情比先前明朗多了。

「真是的，都怪由弦同學，我話講到一半就被打斷了。」

「喔，不好意思……所以妳想說什麼？」

由弦這麼一問……

愛理沙便開始支支吾吾起來。

「呃……那個，所以說，我覺得下廚做菜給由弦同學吃，呃，很開心。如果你會說好吃，要我做多少次給你吃……都可以。」

這樣說完之後，愛理沙整張臉都紅了起來。

她似乎發現自己做出了有些危險的發言。

愛理沙連忙用力揮手否定。

「那、那個，我剛剛說的話！不是往後每天都要煮味噌湯給你喝的那種意思！」

「喔，啊……嗯，這妳不用特別解釋我也知道。」

由弦感覺到自己的臉漸漸熱了起來。

由弦當然不認為愛理沙這話是在向他求婚，可是對方這麼露骨地害羞起來，搞得他也跟著覺得不好意思了。

「要比喻的話，對了，我這就像是在餵貓。覺得吃得津津有味的貓很可愛。這樣你能理解嗎？」

「妳這比喻再怎麼說都太過分了吧。」

我是野貓嗎？

由弦出聲抗議。

不過從客觀的角度來看，他確實像是隻被人餵養的貓。

不如說根本就是。

這個比喻意外地還滿貼切的。

由弦自己這麼想，覺得有些丟臉。

「總、總之我不討厭做飯給由弦同學吃。所以說，我也不介意做飯給由弦同學的家人吃。你懂了嗎？」

「喵～」

「請你不要跟我開玩笑。」

被愛理沙直截了當地斥責，由弦聳了聳肩。

※

討論後的結果。

他們決定吃一點彩由準備的細麵線來當午餐，然後請愛理沙在傍晚稍早的時間下廚準備晚餐。

然後在吃完午餐後。

「那麼，愛理沙大小姐。您要買些什麼呢？」

由弦來到超市後這麼問愛理沙。

雖然說這也是理所當然，不過由弦平常就會陪愛理沙去採買，負責拿東西。

這次是由弦害愛理沙必須準備飯菜的，所以他作為「隨從」一同前來也很合理。

「畢竟是夏天，我想買些夏季的蔬菜或許不錯……話說回來，由弦同學的家人有什麼喜歡或討厭的食物嗎？」

「放心吧，我記得他們沒有什麼不喜歡的食物。」

包括由弦在內，高瀨川家的人都不太挑食。

什麼食材他們都吃。

「那就好……喜歡的食物呢？」
「嗯～彩弓和我爸感覺比較喜歡那種小孩子愛吃的料理，像是咖哩啊、漢堡排啊，或是蛋包飯之類的。」
「原來如此。由弦同學……喜歡吃魚對吧？」
聽到愛理沙的詢問，由弦點點頭。
「嗯……我媽跟我在飲食上的喜好可能還滿像的。」
愛理沙用手抵著下顎，開始思考起來。
她應該是在想今天要煮些什麼吧。
由弦沒打擾她，默默地在一旁看著。
「決定了。就做和風漢堡排，然後再配上一道魚。」
「……這樣不會很辛苦嗎？再隨便一點也沒關係喔。」
「別看我這樣，我可是幹勁十足。」
愛理沙用力握緊雙手，如此說道。
看來她說不介意做飯給由弦的家人吃不是在說謊。
「那先從蔬菜開始吧。妳說挑夏季蔬菜比較好對吧？」
他們先走向蔬菜區。
愛理沙的腦中似乎已經想好要做些什麼了。

她將秋葵、小黃瓜、紫蘇葉、茄子、蘘荷、生薑、蔥、洋蔥放入籃子裡。
然後前往肉品區。
買了牛豬混合的絞肉。
接下來則是魚，不過……
「這個竹莢魚不錯耶。看起來可以生吃，就選這個吧。」
愛理沙看著放在冰塊上的竹莢魚，開心地說道。
看來她不打算買已經處理好的魚片，打算自己分切。
由弦當然知道愛理沙會自己處理魚……
不過真虧她肯做這些事啊。由弦很佩服她。
彩由雖然愛吃魚，可是不太喜歡煮，基本上不會自己處理魚。
「這樣就都買完了？」
「只要再買個豆腐就好。」
已經確定會做和風漢堡排了，除此之外她還打算要做些什麼呢？
由弦心中充滿了期待。

※

下午四點半左右。

由弦等人正迫不及待地想品嚐愛理沙做的菜。

「好想趕快吃到愛理沙姊姊做的菜喔～畢竟哥哥讚不絕口，讓人很期待呢。」

彩弓躍躍欲試地說著。

相對地，彩由臉上的表情有些複雜。

「我也很期待小愛理沙做的菜呢……可是我也很想像連續劇裡會出現的婆婆那樣，教教媳婦什麼才是自己家的味道。心情好複雜喔。」

面對彩由的反應，由弦和彩弓紛紛吐槽她。

「媽媽煮出來的味道就是市售調味料的味道吧？」

「根本不用教，隨隨便便就能輕鬆重現。」

「你們兩個明明就沒有好好下廚過，還真敢說耶。」

由弦和彩弓的確不會做菜，關於這點他們無可反駁。

不過單方面被人這樣說也很不甘心，所以他們稍微轉移了話題來反駁彩由。

「既然媽媽妳這樣說，妳去幫愛理沙的忙不就好了？」

「我有說我要幫忙喔？然後她就說『我來就好，怎麼好勞煩媽媽您呢』。真是個好孩子。」

「她只是想說妳幫不上忙吧？」

「閉嘴。」

見由弦、彩弓、彩由在一旁鬥嘴，和彌開口抱怨。

「你們啊……別做這種不像話的爭執好嗎？」

看來他是不希望愛理沙看見高瀨川家難看的爭執場面。

他是在意家裡的評價吧……

不過由弦也不想讓愛理沙撞見自己跟母親鬥嘴的場面，所以收兵了。

而另一邊的彩弓跟彩由雖然在這之後仍然繼續在鬥嘴……

「飯做好了喔。」

由於愛理沙邊說邊把料理端了過來，她們也沒再繼續吵下去了。

而且兩人想說至少要做點事，也跟著幫忙將料理端上桌。

「不過……妳還真的很有幹勁耶。」

「嗯，我有比較認真準備。」

由弦出言慰勞愛理沙後，她用和平常一樣冷漠的表情如此回應。

另一方面，眼前超乎原本預期的豪華菜色則是令和彌、彩由、彩弓非常吃驚。

「這還真是……真不好意思啊，愛理沙小姐。」

「……嗯，我輸了呢。還說什麼想教人，我也太不自量力了。」

「唔哇～好厲害喔。」

和彌和彩由向愛理沙道歉，彩弓則是看得兩眼閃閃發光。

說起使三人產生這種反應的菜色內容……

白飯。

竹莢魚丸味噌湯。

和風漢堡排。

竹莢魚生拌魚泥、生魚片。

燉茄子。

涼拌豆腐。

還有一個黏糊糊的神祕物體。

「愛理沙，這是山形的『拌醬』嗎？」

由弦指著那道黏糊糊的東西問道。

那好像是用切碎的秋葵、小黃瓜、紫蘇葉、蘘荷、茄子加上味露混合製成的。

「對。基本上是用來淋在豆腐上吃的。不過拿來拌飯也很好吃喔。」

愛理沙都這麼說了，由弦在講完「我開動了」之後便立刻動手嘗試拌醬。

他將拌醬淋在豆腐上，送入口中。

「味道如何？」

「很好吃耶。吃起來很清爽，而且現在這個季節，這種帶有黏稠感的涼拌菜感覺很下飯。」

這個我自己或許也做得出來，之後請她告訴我食譜好了。由弦如是想。

就算進入九月，暑假結束後，炎熱的日子也還會持續下去。

由弦覺得有這道菜，應該就能夠撐過夏末。

「這道竹莢魚生拌魚泥真不錯……讓人想喝日本酒了呢。」

「漢堡排好好吃喔。肉好軟嫩。」

「這味噌湯真好喝呢……魚的鮮味很明顯，也沒有半點腥味。」

「燉茄子也很好吃。愛理沙做的燉菜真的很美味耶。」

和彌、彩弓、彩由、由弦異口同聲地誇讚愛理沙的料理。

愛理沙雙頰泛紅，低著頭小聲說道。

「謝、謝謝誇獎……還、還有多的飯菜，想吃可以再添。」

看到愛理沙的反應，彩弓和彩由四目相對。

接著兩人無奈地笑了笑。

「我好像懂哥哥為什麼會徹底迷上她了。」

「小愛理沙真的很可愛耶。好想讓她來當我們家女兒喔……啊，她以後就是了嘛。」

妳們是在說什麼啊？

由弦一邊在心裡這麼想，一邊喝著魚丸味噌湯。

……他有些不好意思這點是祕密。

※

「唉……沒想到會在由弦同學家住了一晚。」

回到家之後，愛理沙便立刻倒在自己的床上，喃喃自語。

她翻身仰躺，望著天花板。

「……由弦同學。」

從夏季祭典到留宿。

愛理沙覺得兩人之間的距離縮短了許多。

不，這不是她的錯覺。證據就是她口中的稱呼已經從「高瀨川同學」變成了「由弦同學」。

愛理沙的臉染上些許緋紅。

「啊……真是的！」

愛理沙將臉埋進枕頭裡，上下踢動著雙腿，忍不住這麼說道。

因為她想起了自己種種失敗的行為。

「居、居然靠在人家懷裡哭……實在是太扯了……」

真要說起來，她明明很少哭的。

結果不僅讓同班的男生看見，甚至還在對方的懷裡哭得泣不成聲。

「唉……雖然事情都已經發生了。」

儘管她覺得很丟臉，還讓由弦看到了她脆弱的一面……可是已經過去的事也無可奈何。

而且吐出鬱悶的心情還有「謊言」，讓她感覺爽快多了也是不爭的事實。

「……希望我以後能夠盡量誠實地面對由弦同學。」

雖然由弦原諒了愛理沙的「謊言」，可是她不能一直仰賴由弦的善意。

她無法容許自己這麼做。

「唉，反正我除了哭之外，就沒什麼其他失敗的事情了。」

愛理沙回憶起和由弦共度的時光。

當初只是要看煙火的，卻因為意想不到的巧合而在他家住了下來。

儘管緊張，但他的父母都是很好的人，愛理沙在自己想得到的範圍內，也沒有做出什麼失禮的事。

「嗯，沒問題。他們對我的印象……應該還不錯。」

就算事情演變為她必須下廚的狀況，愛理沙也成功度過了這一關。

那或許是客套話，不過由弦的父母都說她做的菜很好吃，誇獎了她。

「啊……」

這時愛理沙想起了一個「失敗」。

她不小心對由弦說了「往後每天都要煮味噌湯給你喝」這句話。

嚴格來講是『不是「往後每天都要煮味噌湯給你喝」的那種意思」這樣的否定句。可是……

「那、那樣根本就像是在說，我很在意他嘛……」

她是很在意由弦。

她講到一半發現自己這樣說感覺像是在求婚，才連忙否認。

也就是說她完全是自掘墳墓。

「……唉，應該不要緊吧。」

回想起由弦在那之後的態度，愛理沙讓自己冷靜了下來。

在她失言前後，由弦對愛理沙的態度並沒有出現明顯變化。

由弦沒有特別在意愛理沙。

「……」

這麼一想，不知為何心情就變得鬱悶了起來。

不，理由很清楚。

因為愛理沙希望由弦在意自己，想到由弦可能不在意她，才會感到鬱悶。

「……難道。」

愛理沙輕輕將手放到自己的胸口上。

噗通噗通，她很明確地知道自己的心臟正激烈地跳動著。

「我……喜歡由弦同學？」

她喃喃說出這句話。

同時感覺到自己的臉猛烈地發燙。

「……」

喜歡還是討厭。

要愛理沙從這兩個選項中選一個的話……那她會說喜歡吧。

令人喜歡的要素很多，令人討厭的要素很少。

「說是這樣說，但要說我是不是想跟他談戀愛……」

就算說喜歡，那也未必是戀愛感情。

至少愛理沙是將由弦視為親近的異性朋友。

沒錯，只是異性朋友，除此之外什麼都不是。

「不過……」

要是。

假設。

她和高瀨川由弦成了情侶。
兩人自然地牽手、接吻……
在對方面前裸露肌膚，說不定還會做那種事……
「啊啊啊啊啊啊！」
愛理沙忍不住大叫。
她不斷搖頭。
「我、我……我在想什麼啊！」
愛理沙甩掉浮現在腦海中的粉紅色妄想。
就算只是想像，還是不該有在異性面前裸露肌膚這種妄想，更何況對方還是自己親近的異性朋友。
「不，唉……我是有在他面前裸露肌膚過啦。」
愛理沙自己吐槽自己，想把這件事蒙混過去。
去水上樂園時她穿了泳裝。
不過愛理沙也沒有內向到被人看見自己穿泳裝的樣子，就會害羞到想死的程度。
要是連這都不行，她就不能去水上樂園或海邊了吧。
當然就算程度相當，甚至比泳裝的裸露程度還低，但內衣褲就不行。
這不是什麼面積還是邏輯的問題。

是心情和場合的問題。

而她沒有讓人看過她的內衣褲。這還用說。

……真的是這樣嗎？

「……啊。」

愛理沙想起了自己沒有穿好浴衣，出現在由弦面前的事。

搞不好……或許只有一點點，可是由弦說不定看到了她的內衣褲。

既然會被他看見，身上穿的不是在便利商店買的便宜貨，而是更漂亮可愛的內衣就……

「啊，夠了！」

愛理沙差點又開始想像起一些「奇怪的事」，把臉埋進了床鋪裡。

那一天，愛理沙在床上糾結了好一陣子。

第二章 「婚約對象」和恐怖片

暑假告終，開學了。

對由弦來說，每週都能品嚐到愛理沙手作料理的日子又再度開始了，不過得長時間關在學校裡，有些憂鬱的日子也同時開始了。

暑假結束後的週六。

愛理沙在大約相隔了一個月後，又來到由弦的華廈玩遊戲。

今天愛理沙挑了某個水電工跟他愉快的夥伴們一起賽車，非常有名的賽車遊戲系列作來玩。

他們兩個並肩坐在電視前，用控制器操控著角色。

由弦和宗一郎他們玩過這類型的遊戲很多次，算是他比較擅長的遊戲。

雖然他有信心可以勝過莫名地有玩遊戲天分的愛理沙……

「嗯……唔……」

他太在意坐在旁邊的愛理沙了，無法集中精神。

會這樣說是因為愛理沙每次轉彎時就會發出聲音，身體也會傾向要轉彎的方向。

如果是彎向由弦所坐位置的反方向那就沒問題，可是她的身體往由弦這邊靠過來的時候就有問題了。

本來他們就坐在彼此的旁邊，所以每當愛理沙的身體往這邊靠過來時，她纖細的肩膀便幾乎要碰上由弦的身體。

美麗的亞麻色頭髮也輕柔地飄動著。

最要命的是她可愛的聲音。

她本人或許是想激勵自己吧，可是那聲音莫名誘人，讓由弦忍不住在意起來。

「又是我贏了呢，由弦同學。」

「嗯……是啊。」

「怎麼了嗎？」

「沒有，我只是覺得眼睛有點痠。」

由弦說完後，放下遊戲手把。

然後大大地伸了個懶腰後，橫躺在地板上。

接著確認時鐘的指針位置。

他們已經玩遊戲玩很久了，所以他有點累了也是事實。

不過……比起眼睛的疲勞，太在意愛理沙造成的心理疲勞影響比較大。

「你沒事吧？由弦同學。」

說是這麼說，但愛理沙本人似乎沒有意識到這件事。
她一臉擔心地觀察由弦的臉。
美麗的雙眼和豐盈又魅惑的嘴唇出現在眼前，令由弦的心為之一震。
「我沒事……稍微休息一下就好了。」
由弦這麼說，用雙手遮住了自己的眼睛。
這動作像是在保護疲勞的雙眼，實際上卻是為了讓愛理沙的臉不要出現在自己的視線範圍內。
在這麼近距離下看見她漂亮的臉，有點太刺激了。
毫無自覺的愛理沙卻用手指玩起了由弦的頭髮。
由弦隔著頭髮和頭皮，可以感受到她手指那柔軟的觸感。
這舉動更是令他心跳加速，可是他又不想妨礙感覺玩得很開心的愛理沙。
他就這樣任愛理沙擺布了一陣子之後……
這次愛理沙的手伸向了他的臉頰。
溫暖的雙手包覆著他的臉頰。
不過這實在讓由弦在各方面都快忍不住了，他便主動阻止愛理沙再有更多的肢體接觸。
「愛理沙，我可以坐起來嗎？」
「啊……對不起。我玩得太入迷了。」

由弦緩緩地坐起身。
然後看向愛理沙。
她可能事到如今才發現自己做了很大膽的事，有些尷尬地從由弦身上別開視線，肌膚上泛起紅暈。
然後不時偷瞄由弦兩眼。
（……好可愛。）
由弦下意識地嚥了口口水。
想推倒她，壓在她身上，順從欲望盡情地蹂躪她……他心中湧上了這樣的衝動。
「呼……」
由弦彷彿要吐出這股欲望，重重嘆了一口氣。
他轉身背對愛理沙。
然後想著老家養的那四條狗，讓自己的心情平靜下來。
…………
……………
……
（好。）
接著他再度轉身面向愛理沙。

只見愛理沙的表情看來極為膽怯，用擔心、不安的語氣開口問由弦。

「那、那個……我讓你感到不舒服了嗎？」

她抬眼觀察著由弦的臉色。

由弦又再度想像起家裡那四條狗。

汪汪。

「不，沒這回事。不如說正好相反……」

「……相反？」

愛理沙一臉愣愣的樣子，不解地歪著頭。

然後視線移向了由弦的下腹部……接著整張臉都紅了起來。

她急忙轉身背對由弦，大聲說道。

「你、你在想什麼啊！」

「不是……該說是妳讓我有這種念頭的嗎？該怎麼說……畢竟這是生理現象……不，我當然是覺得很抱歉啦。」

因為本能與由弦的理性無關，自行起了反應，這他也無可奈何。

順帶一提，現在大致上已經平靜下來了。

「我沒有打算要傷害妳，唯有這點我想要說清楚就是了……不過，唉，畢竟有所謂的一時衝動，該說我也是個普通的人嗎？由於我是男性，關於這方面，我還是希望妳不要太沒有戒心。當然，我也知道最該多加留意的人是我，拜託妳這種事情或許有點不合理。」

由弦這樣說完後，愛理沙緩緩地轉過身來。

珍珠般的肌膚仍微微泛紅。

「……那到什麼程度為止是沒問題的呢？」

「要摸我的頭髮是可以……不過我需要心理準備，妳能先說一聲會比較好。」

「我會注意的。」

愛理沙乖巧地點了點頭。

和先前不同，她和由弦之間保持了好大一段距離。

對方忽然拉開距離，這也讓由弦有點受傷。

不過愛理沙只是嚇到了，並未因此討厭由弦……由弦想相信事情是這樣的。

愛理沙似乎也發現了由弦有些消沉。

她突然改變了話題。

「是說下週。」

「嗯。」

「這次……可以換我約你出去嗎？」

約出去。

也就是說她要約由弦出去約會吧。

平常去綜合娛樂休閒館、水上樂園、夏季祭典，基本上一直都是由弦提議的，所以這次換愛理沙主動約他出去也很合理。

「喔，可以啊……妳已經想好要去哪裡了嗎？」

由弦這麼一問，愛理沙點點頭。

「我想去電影院看看……因為我沒去過。」

於是兩人就決定要去電影院約會了。

※

由弦在平常穿的襯衫外披了一件夾克，用髮蠟抓了頭髮，以這樣的打扮前往兩人約好碰面的車站。

愛理沙已經先到了。

今天由於秋老虎發威，天氣相當熱。

也因為這樣，愛理沙做了比較清涼的打扮。

透膚上衣搭配披在身上的薄外套，下半身則是穿了長裙。

透出的鎖骨白皙、美麗得耀眼奪目。

耳朵上戴著時尚的耳環。

她稍微化了妝，原本就豐潤美麗的嘴唇因為上了口紅而更顯得豔麗，有些煽情。

由弦內心不解地想著，每次見面都覺得她變得更漂亮了，是我的錯覺嗎？

「讓妳等很久了嗎？」

「沒有，我也才剛到。」

說完這些既定的台詞後，由弦盡量不將視線移向最好別看的胸口，說出對愛理沙今天打扮的感想。

「妳今天的打扮感覺比平常更有女人味……應該說更成熟優雅呢。」

由弦用了模稜兩可，他自己也不是很懂意思的形容詞來誇獎愛理沙。

實際上他確實覺得這身打扮很適合愛理沙，感覺比平常更能夠感受到她身為「女性」的魅力。

雖然很誘人，卻不會讓人覺得低俗。

這是由弦所感受到的印象。

可是直接把這些感想說出來太不好意思了，所以他用了比較曖昧的說法。

「謝謝。由弦同學你也……很帥氣喔。」

「能聽到妳這麼說真是太好了。」

不過由弦的打扮與愛理沙不同，跟平常沒兩樣就是了。

接著他問愛理沙。

「是說要看哪部電影？」
「這部電影。」
愛理沙邊說邊把手機的螢幕拿給由弦看。
由弦不禁睜大了眼睛。
「……不是吧，這是恐怖片耶。」
而且還是最近據說相當恐怖的恐怖片。
「你會怕恐怖片嗎？」
「不，我是不會怕啦……但妳沒問題嗎？妳之前說妳會怕黑，所以我還以為妳是那種容易害怕的人。」
聽他這樣說完後，愛理沙搖搖頭。
「這個嘛……我是有點怕。說不定晚上會睡不著覺。」
「……那為什麼要看？」
由弦無法理解愛理沙明明就會怕，還是想挑恐怖片來看的心情。
不過愛理沙用一副「你在問什麼傻問題啊」的態度回答他。
「大家不都是希望看了會怕，才來看恐怖片的嗎？」
「這……唉，經妳這麼一說，確實是……這樣吧？」
所謂的恐怖片就是要恐怖才有意義。

唉，雖然其中也有實際上根本是在搞笑的B級恐怖片存在，但基本上恐怖片就是為了讓自己看了會怕才去看的東西。

什麼恐怖片啊，一點都不恐怖啊！

會說這種話的人，應該無法在真正的意義上享受恐怖片吧。

「而且班上的女生們……說這部片很有趣。所以雖然我會怕，可是也對這部片很有興趣。」

「我還以為妳不會想跟流行呢。」

覺得愛理沙難得「像個普通的女高中生」，由弦不禁脫口而出。

愛理沙輕笑著回答。

「不是我不想跟，是跟不了。因為家裡的狀況。」

「……」

「啊，我剛剛那是自虐式的玩笑話啦。」

看到由弦露出奇怪的表情，愛理沙連忙解釋。

她也多少能講出這樣的笑話了……該說是好的轉變嗎？

由弦雖然不太清楚該如何判斷……

「嗯，多虧有我在……先不管到底是不是這樣，總之這次可以跟上流行了呢。」

「是啊。那我們走吧。」

兩人走向附近的電影院。

※

「對不起。其實我是第一次來電影院……有需要事前預約嗎？」

「如果是剛上映的熱門片，那是需要預約沒錯……不過這部片上映好一段時間了，我想應該有位子吧。」

由弦這樣說完後，走向了電影院大廳的售票機。

因為由弦和愛理沙還是高中生，可以買學生票。

不過……

「原來如此……」

「怎麼了嗎？」

「……今天好像是情侶一起來，票價會比較便宜的日子。」

由弦這樣說完後，愛理沙的肌膚染上了一層淡淡的薔薇色。

看到她這種害羞的反應，害由弦也莫名地跟著害羞起來了，真希望她別這樣。

「買那種票會比較划算嗎？」

「嗯，似乎是這樣。」

「……那就買那個吧。這樣比較省。」
由弦雖然不缺錢，不過能省則省才是上策。
兩人買了情侶套票。
由弦隨後指向餐飲販賣區。
「總之先買個飲料吧。要買爆米花嗎？雖然還沒吃午餐。」
聽他這麼一問，愛理沙點點頭。
「我想嘗試一下在電影院吃爆米花這種大家都會做的事情……不過吃不下午餐也不好，我們兩個人一起吃吧？」
「嗯，這樣也好。」
爆米花吃起來意外地很有飽足感，要是太大意，事後會後悔的。
愛理沙的提案對他來說正好。
「爆米花有鹽味、奶油、焦糖三種口味，您要哪種口味呢？」
點了爆米花之後，店員這麼問他們。
因為由弦不管吃哪種都無所謂，便問愛理沙要吃哪種口味。
「那……焦糖好了。」
由弦才在想說她應該會選焦糖口味吧，結果她真的選了焦糖口味。
單純可愛的反應令他不禁莞爾。

「……你在笑什麼？」
「沒事。」
由弦用這句話敷衍過去後，便和愛理沙一起走進影廳。
坐在位子上過了一陣子，螢幕上開始放映起電影播放時的注意事項宣導影片。
「唔哇……」
「愛理沙，怎麼了？」
由弦低聲問一旁輕聲驚呼的愛理沙。
「我……不太喜歡那個。」
愛理沙皺起眉頭這麼說。
螢幕上正在放映的，是那個有名的「電影小偷」的宣導影片。
「……嗯，那不是什麼看了之後會覺得心情好的玩意嘛。」
老實說由弦也不太喜歡。
不過就是因為能激起人內心的恐懼，才有警告的效果吧。
「要是電影本身比這個電影小偷還恐怖就好了。」
「……我會睡不著覺的。」
愛理沙臉色蒼白地這麼說。
她已經開始發抖了。

是妳說要看恐怖片的耶。

由弦在內心這麼想著，將爆米花送入口中。

電影的內容是以所謂的「校園七大恐怖怪談」為題材編寫而成的。

是有聽說過這部片很受學生歡迎，想來是因為舞台是學校這個熟悉的地點吧。

如同事前所聽說的恐怖評價，由弦雖然不至於驚呼出聲，卻也嚇到了身體會忽然一震的程度。

每當鬼怪或幽靈襲向人的時候，心臟就緊張地跳個不停。

不過……

「咿！」

「呀啊！」

「呀！」

愛理沙不斷發出這些可愛的驚呼聲，並在每次驚呼時抱住由弦的手臂。這些行為反而更讓由弦心跳不已。

畢竟她本來就很怕這些有恐怖要素的東西，到了後半，愛理沙便一直握著由弦的手，閉著眼睛，身體抖個不停。

最後十五分鐘的電影她恐怕根本沒看吧。

電影播映完畢後，由弦出聲叫愛理沙。

「愛理沙。」
「唔哇！是、是由弦同學嗎？」
「除了我之外不會有別人了吧……妳沒事吧？」
「我、我、我沒事。」
由弦帶著感覺完全不像是沒事的愛理沙，迅速離開了影廳。
或許是因為格外害怕吧，就算已經到了亮處，愛理沙還是緊抱著由弦的手臂。
「我、我……明天開始在學校不敢去廁所了。」
臉上毫無血色的愛理沙這麼說。
眼眶中還微微泛著淚光。
「妳這麼怕恐怖題材的話，不要看就好了嘛……下次還是別看恐怖片了吧。」
由弦說完後，愛理沙用力搖了搖頭。
「雖然很可怕，可是……很、很有趣……我雖然會怕恐怖的東西，可是我不討厭恐怖片。」
「……」
這女孩該不會是笨蛋吧。
由弦認真地這麼想。
不過因為想看恐怖的東西而來看恐怖片，這個動機本身由弦倒是覺得沒有錯。

「是說愛理沙……我方便去一下洗手間嗎？」
「不、不行！現在不要拋下我一個人！」
愛理沙這麼說著，緊抓著由弦的手臂，往自己的身體方向拉過去。
見她淚眼汪汪地這麼說，是讓人很難放下她，可是……
「呃，不……可是我差不多到極限了。」
「你不能忍一下嗎？」
「忍……是要忍到什麼時候？」
「這個……一直忍著。」
愛理沙也知道自己出了個天大的難題吧，所以她邊說邊別開了視線。
可是她完全沒打算鬆開由弦的手臂。
由弦無可奈何，只好問愛理沙一個有些壞心眼的問題。
「是說妳不要緊嗎？我想……妳跟我喝了一樣多的果汁吧。」
被由弦這麼一問，愛理沙的腿以明顯可以看得出的程度開始抖了起來。
「咦？這個……」
看來到剛剛為止，她都因為太過害怕了而沒有意識到這件事。
「……你覺得我們一直陪著彼此到緊要關頭如何？」
「我希望妳能以常理來思考呢。」

「說、說的也是。你說的沒錯……總之我們先去洗手間吧。在那之前我會作好覺悟的。」

因為愛理沙這麼說，由弦便和她一起朝著洗手間的方向走去。

當然，愛理沙不可能進男廁，由弦也不可能進女廁。

所以……

「要分開嘍？可以吧？」

「拜託你盡快回來。」

「……嗯，我盡量。」

那妳打算怎麼辦啊？

這句話由弦就沒問了。

因為剛剛的恐怖片裡也有出現和廁所有關的鬼怪。

照愛理沙這樣子看來，她恐怕還沒那個勇氣自己去廁所吧。

由弦為了愛理沙衝進廁所，打算盡快解決生理需求。

然後他在那裡……

「……咦？你該不會是聖吧？」

看見一個背影看起來很眼熟的男生正在洗手。

他試著向對方搭話後，對方也驚訝地睜大了雙眼。

「這不是由弦嗎……還真巧啊。」

「那是我的台詞……你不是聖的分身吧？」

「你看了那部電影嗎？」

「你這樣說表示你也看了吧。」

看來由弦跟聖看了同一部電影。

因為雙方進場跟出場的時間不同，所以才沒在影廳內碰上面吧。

「你居然會看恐怖片……該不會是跟誰一起來的吧？」

聖開口問由弦。

由弦雖然有些猶豫該怎麼回答比較好……

可是愛理沙正在廁所前和敵人奮鬥並等待著由弦，所以聖一定馬上就會知道他是跟愛理沙一起來的了。

他就算想矇混過去也沒用。

就在他打算老實地說自己是和愛理沙一起來的時候……

（等一下？）

由弦的腦中突然冒出了一個好點子。

「喂，聖。所以說你……也是跟誰一起來的嗎？」

「不……你不要用問題回答我的問題啦。」

聖表現得有些緊張。

看來被他給說中了。

「是女孩子嗎？」

「你問這個是要幹嘛啦？」

「是凪梨天香吧，畢竟她上次也跟你在一起嘛。」

「是啦……所以呢？那又怎樣？」

由弦對顯得有些不高興的聖低下頭。

「抱歉，但我有一件事想要拜託你。」

「幹嘛啊？這麼突然。」

看到由弦沒來由地低頭拜託他，聖的臉上露出了困惑的表情。

由弦拜託聖幫忙他什麼事，這當然不是什麼稀奇的事……只是他這麼認真地託聖，這還是第一次。

「跟你一起來的人……不管是凪梨同學，還是別人都無所謂，只要是女孩子……」

「喔、喔！說穿了就是凪梨啦。所以是怎樣？」

由弦抓住聖的肩膀。

然後以駭人的氣勢開口拜託聖。

「請你救救我的同伴……救救愛理沙！」

在那之後，跟他們會合的天香雖然一臉困惑……

還是陪愛理沙去了廁所。

在愛理沙脫離險境之後，得知更詳細的事情經過——也就是愛理沙之所以沒辦法去廁所的事，聖和天香……

兩人捧著肚子大爆笑。

順帶一提，愛理沙狠狠地對由弦發了一頓脾氣。

※

在那之後。

正好到了中午，由弦他們便決定在附近的咖啡廳一起吃飯。

「噗！」

在點完餐之後。

天香看到愛理沙的臉，噗嗤一笑。

然後別過頭去，肩膀顫抖著，傳出更多笑聲。
「凪梨同學，可以拜託妳差不多別再笑了嗎……我的腳很痛。」
哼！哼！
愛理沙一直踢著由弦的腿，踢到彷彿可以聽見這樣的聲音。
用非常不滿的表情。
強調著「我現在還在生氣」。
連沒辦法對不熟的天香發的脾氣，全都發洩到了由弦身上。
「愛理沙，我說啊。我確實覺得很抱歉，可是要是沒拜託凪梨同學，妳不就沒辦法去洗手間了嗎？」
「……我還是去得了啊。」
「那妳現在可以再去一趟看看嗎？」
「……」
愛理沙尷尬地別開視線。
她似乎還沒完全擺脫恐懼，沒辦法一個人去廁所。
看著由弦和愛理沙的互動，天香又笑了起來。
這件事好像戳中了她的笑點。
（……跟惡魔沒兩樣的女人啊。）

由弦覺得自己知道聖之所以會這麼說她的部分原因了。

就算是說客套話，她的個性也稱不上好。

……不過要問他說聖的個性好不好，感覺也沒多好，所以以某方面來說，他們還滿相配的。

「你們感情還真好耶，由弦。」

不出所料。

聖一邊賊笑著一邊問由弦。

這次想再用「碰巧在電影院遇到」這種藉口應該行不通了吧。

「看起來像是交往中的情侶呢。」

這麼說著的天香笑瞇了眼。

以前那種賢淑乖巧的感覺不知道上哪去了，她的臉上現在掛著有些邪惡的笑容。

「我們沒在交往。」

「是啊。」

由弦和愛理沙斬釘截鐵地否認了這件事。

不過聖和天香不太相信的樣子。

雙方的表情都像是在說「你們還在說這種話啊～」的樣子。

……所謂臭味相投的情侶，就是指這種吧。

「你們也是，原來你們是會一起去看電影的關係啊。」

由弦反問聖和天香。

對於他的提問……兩人似乎認為沒辦法繼續瞞下去了吧。

他們聳聳肩。

「我們的交情也沒特別好……只是兩家互有往來而已。」

「是啊……兩位或許不知道，但現在良善寺家和凪梨家是事業夥伴，就是這樣的關係。」

因為雙方父母、兩家家族的關係更密切了，所以兩個人也稍微熟了起來。就只是這樣。

兩人如此宣稱。

「我想看那部電影。可是一個人去電影院感覺很蠢吧？而且買情侶套票比較划算啊。所以我才不抱期望地去約聖，結果他答應了。」

接著天香便主張聖只是她順便找來的。她的目的是電影和情侶套票。

「什麼叫不抱期望啊。跑來激我說『你會怕喔？』的人是妳吧。」

聖則是有些不滿地這麼說。看來他沒有特別想看這部電影，只是在對方的激將法之下才跟著來看的。

雖然雙方的理解好像有點落差，不過感覺這兩人基本上只是普通的異性朋友。

那我們也採用這個說法好了。由弦和愛理沙互相使了個眼色，取得了彼此的同意。

「我們說了。接下來換你了，由弦。」
面對這麼問的聖，由弦冷靜地回答。
「我們也差不多。是因為兩家有往來，才多少有交集。」
順著聖和天香提出的說詞，由弦也這麼宣稱。
他絕對沒說謊……實際上兩家是有往來，甚至訂下了婚約。
「我雖然想看蔚為話題的電影……可是我一個人看會怕。」
愛理沙也用一如往常的冷靜語氣這麼說。
愛理沙這個「一個人看會怕」的說法非常具有說服力。
……這讓人很想吐槽她既然會怕就別來看恐怖片就是了。
天香的表情看起來是接受了由弦和愛理沙的說法。
不過聖好像不太能接受的樣子。
「你們真的是朋友嗎？」
「有什麼值得懷疑的部分嗎？」
「嗯……算了，就當作是這麼一回事吧。」
聖似乎注意到由弦想要隱瞞什麼事情。
身為朋友，他選擇不去追究。
「抱歉啊。」

由弦小聲道了歉。

既然都和宗一郎說了，他或許也該和同為朋友的聖說，在道義上才說得過去……

不過他果然還是希望在能隱瞞的範圍內盡量隱瞞這件事。

不管是再怎麼要好的異性朋友，可能也不太會兩個人一起去水上樂園玩，不過只是看個電影的話就很合理了吧……

在朋友這個說法能說得通的範圍內，他都想堅持這個說法。

「……我很怕被旁人亂起鬨，可以拜託你們別把這件事說出去嗎？」

愛理沙這麼拜託聖和天香。

兩人都點了點頭。

「我們不會到處去聲張啦。」

「我們的事也一樣，你們能別說出去那就算是幫了大忙了。」

聖和天香也這樣拜託由弦他們。

雙方成了共享祕密的關係。

這下應該就能避免事情在學校裡傳開了，由弦和愛理沙鬆了一口氣。

※

吃完飯後，由弦跟愛理沙便和聖他們分別行動了。
目送兩人離去後……愛理沙喃喃說道。
「他們很乾脆地就不追問了呢。」
「是啊。還好他們兩個人都很快就能理解了。」
唯有由弦和愛理沙沒在交往這件事，明確地傳達給聖他們知道了。
說是這麼說，聖他們也注意到了由弦和愛理沙不是普通的朋友，不過在那之後他們也沒有繼續追究下去，這點真的是感激不盡。
「可是由弦同學……你明明告訴佐竹同學了，卻不跟良善寺同學說，這樣……沒問題嗎？」
「妳是指我的人際關係嗎？」
「對。」
「聖不會因為這種事情就鬧彆扭啦。唉～雖然我是覺得有點過意不去。」
聖和宗一郎對由弦來說是同等的朋友。
那麼既然都跟宗一郎說了，要說他同樣該告訴聖才符合道義，這也沒錯……
可是消息這種東西就是不知道會從哪裡走漏出去，所以能瞞著不提的話，那還是別說出來比較安全。
宗一郎那時候是因為兩人穿著泳裝又在水上樂園，沒辦法找藉口開脫。

況且還有直覺敏銳的亞夜香在場。

相較之下，這次在某種程度上算是比較好矇混過關的狀況。

再加上……

「別看聖那樣，他口風很緊，我也認識他很久了，可以信任他。可是我完全不清楚凪梨同學的人品。」

在場的不只有聖，還有天香。

由弦是可以對聖的人品掛保證，可是對於天香就不是這樣了。

「雖然凪梨同學感覺不是什麼壞人……不過個性不是很好呢。」

或許是有點介意天香笑了她很久這件事吧。

愛理沙皺起了漂亮的雙眉。

由弦不禁苦笑。

「唉……既然雙方都無法判斷對方能否信任，那貫徹對外保密的方針比較安全吧。是說之後聖來追問我，我沒辦法矇混過去的話……」

「由弦同學很信任良善寺同學對吧？那就沒關係。我雖然無法信任良善寺同學，可是我相信由弦同學。」

「能聽到妳這麼說真是太好了。」

愛理沙當然是相信由弦看人的眼光……

不過更重要的是她很擔心由弦的人際關係吧。

或許她是覺得為了保護自己而破壞了由弦的人際關係不太好，基於歉疚的心理才會擔心的，不過由弦還是很感激愛理沙的這份體貼。

※

就這樣說句「好，那再見囉」就各自回家也有點無趣，所以由弦和愛理沙決定去逛逛附近的購物中心。

「由弦同學，你有什麼想逛或是想買的東西嗎？我想買秋裝……預算夠的話，也想買件外套。」

「這個嘛……我有點想買些飾品。」

由弦這樣回答後，愛理沙有些意外地睜大了眼睛。

她應該是很意外雖然不是完全不在意服裝，可是也不像是喜歡打扮的由弦會想要買這類型的東西吧。

由弦自己也多少有這種想法，所以有些害羞地想找說詞來矇混過去。

「不是，妳看嘛……妳打扮得很漂亮吧？我想說既然要走在妳旁邊，我也得提升一下等級才行。不然感覺對妳很失禮。」

「你這心態非常好。」

或許是由弦這番話很得她的心吧，愛理沙心情不錯地這麼說。

儘管半是在開玩笑，但她那有些高高在上的口吻令由弦不禁苦笑。

「妳是什麼人物啊？」

「是你的訂婚對象，對吧？」

「這麼說來的確是這樣沒錯呢，愛理沙大小姐。」

他們打算先解決一開始就已經大致想好要買什麼的由弦需求，兩人朝著販售手錶及珠寶等高級飾品的專櫃區走去。

說是高級飾品，不過這裡意外地從價格低廉到最高級的商品都一應俱全。

由弦想買的是就算高中生戴在身上也不奇怪的便宜飾品。

「你想要買怎樣的飾品？」

「這個嘛。嗯，畢竟手上有手錶了，應該是項鍊吧。價格……我想不要超過一萬日幣比較好。」

由弦回答完之後，愛理沙指著店內一角。

「你覺得那個怎麼樣？我覺得還滿帥氣的。」

「這種造型簡約的感覺不錯呢。」

愛理沙找到的是用名為黑尖晶石的黑色寶石製成的簡約項鍊。

價位大約在三千日幣上下。

算是相當經濟實惠的價格，高中生戴在身上也不奇怪。

由弦先詢問過店員後，拿起了黑尖晶石項鍊。

然後把項鍊放到脖子上比了比，給愛理沙看。

「怎麼樣？」

「很適合你……看起來感覺更性感了。」

愛理沙邊說邊微微垂下眼簾，美麗的睫毛遮著她翡翠色的雙眼。

她這話似乎不是客套話。

「性感啊……」

男人的性感具體來說到底是怎樣的東西啊？

真要說起來自己身上真的有性感的要素嗎？由弦雖然不是很能理解這件事……

他還是相信了愛理沙的話，買下了這條項鍊。

「那個，由弦同學。」

「怎麼了？愛理沙。」

「……那條項鍊，只有跟我在一起的時候才可以戴喔。也不可以戴著去學校。」

「喔……唉，我是無所謂啦，不過為什麼啊？」

由弦疑惑地歪著頭，覺得她說了很奇怪的事。
接著愛理沙的肌膚便染上了淡淡的薔薇色。
「要是由弦同學太受女孩子歡迎，我會很困擾的……雖然不是真的，但我畢竟是由弦同學的婚約對象。」
絕對不可以喔！
「妳也太小題大作了吧。」
「我才沒有小題大作……而且這是我挑的。」
愛理沙用宛如在這麼說的眼神瞪著由弦。
她皺起工整的雙眉，綠寶石般的眼睛往上揚，嘴巴也噘了起來。
「我知道了啦，我保證不戴。」
突然展現出奇怪占有慾的愛理沙讓由弦有些不知所措，但他還是這麼回答了。
都來到販售飾品的區域了，他們便接著看起了女性飾品。
「好美喔……這些寶石。」
愛理沙用陶醉的表情看著美麗的綠寶石。
儘管愛理沙在某些部分上跟一般女性的喜好有點落差，不過她似乎也很喜歡寶石一類的東西。
「就跟妳的眼睛一樣呢。」

因為愛理沙在看綠寶石，由弦便半開玩笑地這麼說。
接著愛理沙便用拳頭捶了一下由弦的胸膛。
「別、別說這種話啦！這樣豈不是很像笨蛋情侶嗎？」
嘴上說著這些話的愛理沙整張臉都紅透了。
由弦也覺得自己的臉微微發燙，不好意思地搔了搔臉頰。
「沒啦……我也是說完之後才覺得這話實在太做作了。」
「真是的……」
愛理沙表現得一副很生氣的樣子，嘴角卻微微上揚。
看來她還滿喜歡這種做作的台詞。
「我順便問一下……如果要從這裡面挑，妳比較喜歡哪種飾品？為了往後著想，告訴我吧。」
「這個嘛～」
「我喜歡這個」、「這個不合我喜好」，愛理沙在店裡四處走著，同時對每個飾品給出評價。
造型可愛的飾品不用說，造型奢華亮眼的飾品她也滿喜歡的。
而要說這些飾品有什麼共通點，就是要價不菲。
當然設計出色或是用了高品質的寶石，都自然會影響到售價，所以這也表示愛理沙的眼光很好……

不過在超市採買時意外節儉的愛理沙居然喜歡這些有一定價位的東西，對由弦來說算是意外的新發現。

（不，是她平常在各方面上受到壓抑，得不到這種東西……其實她很想要這種東西吧。）

真要說起來，在超市買白蘿蔔時的判斷基準，跟對飾品的喜好根本無關。

「我不太清楚有哪些珠寶商……愛理沙妳很了解這一塊嗎？」

「我也不太清楚喔。跟一般人所知道的程度差不多。」

「那比較有名的牌子有哪些啊？」

「蒂芬妮、卡地亞、寶格麗、梵克雅寶、海瑞溫斯頓這五大珠寶商算是最知名的吧。」

「哦～」

愛理沙流暢地說出了這些品牌名。

這五個珠寶商當中，由弦知道的只有蒂芬妮和海瑞溫斯頓。

除此之外愛理沙還說了好幾個品牌名。

她比由弦想像的還要了解這方面的事。

「日本的話……怎麼了嗎？你的表情很奇怪耶，由弦同學。」

「不，沒事。」

愛理沙是個連稍微貴一點的沐浴用品都沒辦法要家人買給她（正確來說是她有所顧慮而不敢提出要求）的女孩。

她其實想說很多任性的話，卻說不出口吧。由弦一想到這裡，就覺得她有點可憐……不過這說出來會傷到愛理沙的自尊心。

「我們差不多該去看看衣服了吧。」

至少由弦要買的東西已經買到了。

接下來該換愛理沙了。由弦如此提議後，她也表示同意。

「說的也是，我們走吧。」

愛理沙點了點頭。

※

「這件秋天穿的外套很好看耶。」

愛理沙說完後看了一下標價……臉色沉了下來。

「超出預算了嗎？」

「……有一點。」

由弦瞄了一眼標價。

照愛理沙所言，這件外套的價格超出了她從養父那邊拿到的治裝費。

原來如此，這確實有點貴。

至於比這件外套的價格稍微低一點的零用錢……作為一個女高中生的治裝費金額來說到底合不合理，這點由弦就不是很確定了。

畢竟男性跟女性需要的花費也不同吧。

也有可能單純只是她把零用錢用在其他地方了，所以才會不夠。

至少他不該光用愛理沙不夠錢買外套這點，就認定愛理沙的養父很小氣。

「差多少錢？」

被由弦這麼一問，愛理沙一臉遺憾地說出了不夠的金額。

由弦稍微想了一下之後，開口問愛理沙。

「妳很喜歡這件外套嗎？」

「……嗯，還滿喜歡的。」

愛理沙臉上帶著依依不捨的神情。

如果沒那麼喜歡，她應該會乾脆地放棄吧。

愛理沙會這麼猶豫，就表示她相當喜歡這件外套。

「要我借妳嗎？」

「咦？可、可是……」

「妳很喜歡吧？這件外套的品質感覺也值得這個價格。下次來的時候說不定就沒貨了。只要妳會還我，要借妳是沒問題喔。」

既然不是真正的情侶，他實在沒辦法說「我買給妳」這種話……

不過如果只是借她一點錢，這倒是沒什麼。

他相信愛理沙是會好好還錢的人。

而且幸好他有打工存下來的錢，所以不怕沒錢。

「……由、由弦同學你這麼說的話……那我去試穿過後再決定。麻煩告訴我你的感想。」

「好啊，沒問題。」

由弦回答後，愛理沙戰戰兢兢地拿起了外套。

她先問過店員之後，當場將外套披在了身上。

「……怎麼樣？」

「很適合妳喔，我覺得看起來很成熟。」

愛理沙喜歡的那件外套是焦糖色的長版風衣。

雖然設計上比較成熟，不過愛理沙本來就有超出一般女高中生水準的身材。

她穿起來完全沒問題。

「……那我要買了喔？我真的要買了喔？」

儘管愛理沙嘴上再三確認，還是有些興奮地把外套放進了購物籃裡。
兩人走向收銀台。
「啊……對了。可以讓我刷卡集點嗎？」
由弦拿著信用卡問愛理沙，她點了點頭。
刷卡結完帳後，他們從店員手中接過了紙袋。
愛理沙用雙手緊握著紙袋。
「買到了好東西呢。謝謝你。錢我之後會再還給你的。」
「嗯……唉，也不用急著還啦。等妳手頭比較寬裕了再還我吧。」
由弦這樣說完後，愛理沙笑瞇了眼，輕輕點頭。
愛理沙的心情似乎前所未有地好。
平常有如冬天的湖面般平靜的雙眼，感覺亮起了溫暖的光芒。
如果她頭上有所謂的「呆毛」，想必正興奮地跳動著吧。
因為那個畫面實在太可愛了，由弦忍不住伸手摸了摸愛理沙的頭。
愛理沙一開始顯得有些困惑，不過很快就笑瞇了眼，任由弦撫摸。
感覺好像在摸狗喔。由弦這麼想。
這時。
傳來了奇怪的聲音。

由弦抬起頭，看向聲音傳來的方向……
只見某人正用驚人的衝勁在奔跑著。
那背影轉眼間便跑遠了。
「怎麼了嗎？由弦同學。」
由弦回過神來才發現自己把手就放在愛理沙的頭上，停下了動作。
愛理沙愣愣地抬頭看著他。
「不……好像有人在購物中心內奔跑。」
「那還真是危險呢。」
「說不定是有什麼急事吧？」
不過就只是「有個不認識的人在奔跑」這樣的事情罷了，跟由弦和愛理沙沒什麼關係。
於是由弦繼續撫摸愛理沙的頭……
他當然不可能這麼做。
「好了，接下來要做什麼呢？」
雖然因為觸感很好，他不小心就摸得入迷了……
但由弦立刻意識到，這不是該在公眾場合做的事。
所以他才裝傻似的這麼問。
愛理沙則是有些害羞的樣子，臉頰紅了起來。

「這個嘛……畢竟我們雙方都沒有特別想買的東西，就隨便逛逛街怎麼樣？」
「漫無目的的閒逛感覺也滿有趣的呢。」
由於這座購物中心還滿大的，還有一些他們沒逛到的地方。
總之就先去逛這些沒逛到的地方好了。由弦和愛理沙走了起來。
就只是四處閒逛，看看商品。
就算只是這樣，他們也意外地玩得很開心。
不過因為他們逛了不少地方，時間也來到了傍晚。
於是他們決定在那附近一併解決晚餐。
兩人走往正好附近就有的一間家庭式餐廳。
「我沒什麼去過這種餐廳耶……由弦同學呢？」
「這個嘛……我偶爾會跟宗一郎他們去吧。有時候也會跟家人去。」
聽由弦這麼一說，愛理沙有些意外地睜大了眼睛。
「跟家人去」似乎是令她感到驚訝的部分。
「該怎麼說，我想像不出高瀨川家的各位來這種地方的樣子。」
「唉，雖然我也知道我們家是一整年都穿著和服的奇妙家族啦。不過外出時我們會作一般的打扮，也會在附近隨便找家店吃飯。」
由弦的母親彩由會負責準備平日的晚餐，以及週六、日等假日的三餐。

只是彩由覺得做飯很麻煩的時候，他們當然就會選擇外食。
因為這多半都是臨時起意，所以他們家的人很愛去這些不用預約也有位子的連鎖餐廳。
他妹妹彩弓甚至會說「反正比起媽媽做的漢堡排，家庭式餐廳的漢堡排還比較好吃……」這種話。
不過這說起來也是理所當然的事。
要是店裡賣的漢堡排味道輸給了就算說客套話也稱不上會做菜的彩由做的漢堡排，根本就做不了生意吧。
「我點漢堡排好了。」
畢竟他剛剛才想到漢堡排的事，最近又沒吃到西式漢堡排。
由弦立刻就決定好要點什麼了。
而另一邊的愛理沙則有些猶豫。
「有這麼多品項可以選，很難決定耶。」
「嗯，妳慢慢思考吧。」
在猶豫許久之後，愛理沙點了焗烤飯。
等了一會兒之後，餐點伴隨著美味的香氣上桌了。
由弦把漢堡排切成小塊，送入口中。
是他吃過好幾次的熟悉味道。

果然所謂的連鎖店，就是不管去了哪裡的哪間店，都能吃到有一定水準的料理，這點很令人安心。

當然，去品嚐那些個人經營的餐廳也很有趣就是了。

吃掉了一半的漢堡排……由弦無意間看向了愛理沙的焗烤飯。

她似乎正好吃完了約四分之一的分量。

由弦碰巧和愛理沙對上了眼。

接著她便拿了一支新的湯匙。

然後用湯匙舀起自己沒吃過的部分，「呼～呼～」地吹涼。

她該不會……

就在由弦想到答案時，愛理沙把湯匙伸向他。

「你想吃對吧？請用。」

「……那我就恭敬不如從命了。」

由弦稍微往前探出身體，含住了湯匙。

白醬和起司的濃郁香味在口中擴散開來。

「怎麼樣？」

「很好吃喔。」

雖然這麼說，但她這樣做讓由弦有點不好意思。

不過比起用說的，讓愛理沙親身體驗，她應該比較容易理解吧。
心中這麼想的由弦用一支沒用過的叉子叉起漢堡排，伸向愛理沙。
儘管露出了有些驚訝的表情，愛理沙還是立刻往前探出身體，張開她小小的嘴巴，吃下了漢堡排。
「嗯……」
「怎麼樣？」
「很好吃。」
愛理沙的臉頰上微微泛紅。
看來她果然也覺得很不好意思。

※

由於天色已經完全暗下來了，由弦決定送愛理沙回家。
兩人並肩走著。
儘管白天很熱，但也因為時節已經入秋，晚上稍微有些涼意。
不過可能是身體無法適應日夜的巨大溫差，而且身上穿著的又是清涼的夏季服裝吧。
「愛理沙，妳還好吧？」

這氣溫對由弦來說只覺得有點涼意，可是愛理沙似乎有點冷。

由弦這麼一問，愛理沙便用雙手抱住身體。

「……我有點怕冷。」

「妳明明叫雪城還怕冷啊。」

「不就只是姓氏裡面有個雪字嗎？」

愛理沙輕笑出聲。

儘管如此，她好像真的有點冷，說怕冷應該不是在說謊吧。

也有一部分可能是因為愛理沙身上穿的衣服比由弦的更不保暖。

不管怎樣，身體著涼感冒了就不好了。

由弦稍微想了想之後，用雙手抓著夾克前襟，輕輕拉著夾克問愛理沙。

「要我借妳穿嗎？」

「咦？……可是這樣由弦同學不會冷嗎？」

「妳就讓我耍帥一下吧。」

由弦如此答覆後，愛理沙便說「那就容我順著你的好意了」。

由弦脫下夾克，遞給愛理沙。

她小心地穿上身，避免弄皺了夾克。

夾克完全蓋住了愛理沙的身體。

「好暖和喔……由弦同學你不要緊嗎？」
「比妳剛才好一點。」
他覺得體感溫度從略帶涼意變成了有些冷。
但也還不到不能忍受的程度。
「真的……很謝謝你。」
愛理沙瞇細了眼。
接著她將視線移向自己的腳邊。
「我不太喜歡冬天。」
「因為很冷？」
「是啊。在我發抖的時候，也沒有會把外套借給我穿的人在。」
這意思是沒有人會拯救她嗎？
還是另有他意呢。
由弦無從得知。
「不過今年的冬天……我或許會稍微喜歡一點吧。我有這種預感。」
「好，那我會努力讓妳能喜歡上冬天的……說是這麼說，還有超過兩個月的時間就是了。」
現在才九月中。

要說冬天的事還太早了點。

「這麼說來，由弦同學。那個，雖然我覺得問這種事情可能不太好……」

「妳要問我三圍嗎？」

「不是啦！……那個，你不是先借我錢買外套嗎？這樣大概……就是，我擔心這樣會給你帶來財務上的負擔。畢竟由弦同學的零用錢也有限。而且如果這是你父母的錢，我也會覺得有點過意不去。」

「原來如此。」

由弦雖然很想跟她說不用在意，不過愛理沙就是會在意這種事情的女孩。

他至今為止的確沒提過自己的財務狀況，不過既然往後還要繼續相處下去，先讓愛理沙了解一下也比較好吧。

「父母會幫我出水電費。還有治裝費也是，因為我要是穿得太不像樣那他們也很頭痛，所以會幫我出。」

在治裝費上，由弦會先留存購買的發票，事後再向父母請款

不過由弦的父母有些地方還滿粗枝大葉的，所以通常會多給他一點錢，不會算得太精確。

「餐費呢？」

「以至少不會讓我餓死在外的金額來算，有一萬五千日幣。除此之外再加上五千日幣的

零用錢。」

「……意外地不多呢。」

「唉，他們都讓我任性地一個人搬出來住了，我也不好說些什麼。」

儘管如此，光靠兩萬日幣要應付餐費和娛樂費仍有些拮据。

所以……

「再來就是打工賺的錢了。」

「啊，你有在打工啊？」

「對啊……這麼說來，我沒說過這件事。」

由弦不太參加社團活動。

除了為愛理沙保留的週六之外，一週有五天有空。

他也沒有什麼特別熱中的興趣，所以閒暇時間都拿去打工了。

「有在自己打工賺錢，真了不起呢。」

愛理沙用率直地感到佩服的語氣這麼說。

由弦被她誇獎是很高興……可是心情也有一點複雜。

「嗯～沒啦，唉……」

「怎麼了嗎？」

「我覺得……剛剛妳說的不太對。」

愛理沙不解地看著欲言又止的由弦。

「我啊，不是因為有生活上的需求，只是因為閒著沒事才去打工的。也就是說這只是我的興趣，什麼時候要辭掉都可以。」

真要說起來，獨自搬出來住這件事本身就是由弦任性的要求。

就是因為家裡的經濟狀況不錯，才會允許他這麼做……房租也是父母在付。

「學生的本分是念書吧？所以啊……我認為不管是打工還是社團活動，除非有生活上的需求，或是未來想成為以此維生的專家之類的情況，都應該視為是次要的事。既然父母還健在，孩子就應該好好念書。」

「……可是由弦同學不也好好兼顧了學業嗎？」

由弦的成績確實不差。

雖然他沒有因為打工而荒廢學業……

「可是我也沒有使出全力……我覺得我本來應該要像妳那樣，好好認真念書的。唉……雖然這是我個人的看法啦。」

「我可以問一個問題嗎？」

「怎麼了嗎？」

「不是……我只是在想，既然你這麼想，那為什麼不這麼做……」

這是相當合理的疑問。

如果是覺得靠自己賺錢很棒所以才去打工，那倒另當別論，既然覺得這樣不好還去打工，這就奇怪了吧。

當然……在某種意義上，他會這麼做是有原因的。

「我不是什麼乖寶寶嘛。因為我是壞孩子……所以說光是念書，豈不是很無聊嗎？」

由弦這麼說著，壞心眼地笑了笑。

不過……由弦之所以會去打工，其實還有更根本性的原因在。

那是因為以由弦的情況來說，他的將來幾乎都已經決定好了。

照理來說，由弦會繼承父親的工作，成為高瀨川家的下任當家……也就是說他實際上沒有選擇職業的自由。

由弦只有在還是學生的時候能夠自由行動。

所以父母也認可由弦這興趣性質的打工。

「你的確不是乖寶寶呢。」

另一方面，聽到由弦回答的愛理沙這麼說。

由弦不禁苦笑。

「這時候我倒是希望妳能否定一下呢。」

「不過……」

「不過？」

「我還滿喜歡你這種個性的喔？」

愛理沙輕聲笑了。

由弦的心臟噗通地跳了一下。

就在他們聊著這些事情的期間，已經走到了愛理沙家附近。

「我送妳到家門口比較好吧？」

由弦問道。

平常的愛理沙這時應該會回他「送到這裡就好了」。

可是……

「……今天可以麻煩你陪我到家嗎？」

不知道今天是吹了什麼風，愛理沙希望由弦能送他到家門口。

當然，不過就是走路五分鐘的路程，這根本算不上什麼。

由弦陪著愛理沙走到了家門口。

「難得我都到這裡來了，是不是該跟妳父母打聲招呼比較好？」

「嗯……不過我想養父現在應該不在家。」

愛理沙說完後按下了對講機。

然後用有些歉疚的聲音，對著對講機另一頭的人說話。

「我是愛理沙。我回來了……可以幫我開門嗎？」

過了一會兒，門有些粗暴地被人打開了。
愛理沙嚇得身體一震。
出來應門的是表情有些不悅的中年婦女。
那是愛理沙的養母，天城繪美。
「受不了！居然這麼晚才回來！妳最近還真是……」
「非常抱歉，我帶著愛理沙同學在外面玩到這麼晚。」
由弦往前走了一步，護著愛理沙。
然後稍微行了個禮。
臉上擺出社交用的笑容。
「這……是高瀨川同學啊。謝謝你陪我們家女兒出去。」
天城繪美有一瞬間被由弦的氣勢給壓住了。
接著換上了有些尷尬的表情對由弦這麼說。
（……既然她討厭愛理沙，那為什麼要反對這樁婚事？）
天城繪美好像很討厭愛理沙。
實際上在相親那天打了愛理沙巴掌的人也是她。
可是既然她討厭愛理沙，那不管愛理沙是不是要跟由弦結婚，對她來說應該都無所謂吧。

至少這樁婚事確實對天城家有利，她沒有理由好反對吧。

由弦完全無法理解。

不過他本來也就不打算去理解。

「不會，我也玩得很開心……是我拖著她玩到這麼晚的。真的非常抱歉。還請您別責怪愛理沙。」

由弦對天城繪美這麼一說，她便皺起了眉頭。

儘管如此，由弦都已經這麼說了，她也不好再繼續斥責愛理沙。

「愛理沙，進來吧。」

「好、好的。」

繪美沒有回應由弦的話，讓愛理沙進了家門。

然後又有些粗暴地關上了門。

※

回到自己住的華廈後。

由弦有點擔心愛理沙。

「愛理沙沒事吧？」

帶著她在外面玩到那麼晚這件事，由弦也得負責。

雖說愛理沙的家庭狀況比較複雜，不過一般女高中生家裡有門禁也不是什麼稀奇的事。

他應該再多留意一下時間的。

在由弦暗自反省之際……傳來了手機的提示音。

他看了看手機，是愛理沙傳來的訊息。

『謝謝你挺身保護我。』

『下次可以再拜託你嗎？』

隨著可愛的貼圖傳來了這樣的內容。

由弦呼地嘆了一口氣。

看來好像沒特別引發什麼問題。

『小事一樁。』

由弦傳了這樣的訊息回去後，把手機放在桌上。

他回憶起今天發生的事。

「……不過真沒想到那兩個人在交往啊。」

那兩個人指的是良善寺聖和凪梨天香。

雖然雙方約定好不過問對方的事，但是在意的事情還是會在意。

「唉，也不是很意外啦……」

「凪梨」因為有一定的知名度，由弦的腦中也有相關的情報，不過換成「天香」，他就不清楚對方的個性跟為人了。

以印象來說只有外表跟內在落差很大，感覺很強勢……大概就這樣了。

他也無從得知天香對男性的喜好。

可是他和聖認識很久了，所以想像得出聖會喜歡的女性類型。

聖感覺很適合和強勢的女性在一起。

不過他本人都說「我喜歡優雅穩重的女性」。

然而就由弦看來，儘管兩位當事人否認，但他們感覺還滿合得來的。

要是合不來，就不會兩人要好地一起去看電影了吧。

既然都已經約會過好幾次了，應該可以認定他們雙方都覺得這段感情有譜吧。

「……不，唉，照這個邏輯來看我們也一樣啊。」

由弦不禁苦笑。

雖然由弦在那邊對人家的事情說三道四（在心裡說），可是從客觀的角度來看，由弦和愛理沙也是……情侶吧。

由弦多少有意識到，以交情不錯的異性朋友而言，最近他們的距離太近了點。

……雖說是策略婚姻，不過兩人有婚約在身；又或者是那個婚約其實是雙方私下談定的假「婚約」——現在先把這些細節都放到一邊去。

「情侶嗎……」

喜歡愛理沙，還是討厭愛理沙。

要他從這兩個選項中選一個的話……由弦會說喜歡吧。

令人討厭的要素很少。

令人喜歡的要素很多。

這種狀況下不回答喜歡的，都是愛說反話的人吧。

不過如果要問由弦想不想和她交往……

「……嗯，要是能跟她交往，應該會很開心吧。」

和愛理沙相處的日子，遠比他接受這個「婚約」時所想像的更為開心。

雙方是沒有合拍到意氣相投這種程度，不過很奇妙的，在一起也不會覺得難受。

兩人共處時他的心情就會變得很平靜。

而且最近愛理沙不在時，他開始會覺得有些寂寞。

相反的，當愛理沙來家裡時，就像是缺了一塊的拼圖拼上了……他有這種感覺。

「一定……沒有比愛理沙更好的女孩子了吧。」

由弦喜歡愛理沙。

這點毋庸置疑。

個性認真，不過也不是完全沒有幽默感，試著聊天之後也能開開玩笑。

她是有些比較陰鬱或是任性的部分，不過那種程度由弦根本不介意。

不如說由弦反而很喜歡，因為那樣能看見她真實的一面。

外表在由弦認識的女性中也是數一數二的美女……而且老實說正中他的好球帶，完全是他喜歡的類型。

最重要的是愛理沙很會做菜……由弦真的很希望愛理沙能每天做味噌湯給他喝。

「可以吧，嗯，完全可以……不如說配我這種人實在太可惜了吧。」

由弦用微微泛紅的臉喃喃自語著。

他越想越覺得沒必要繼續維持「假的『婚約』」。

可是就算由弦覺得愛理沙「可以」，但要是愛理沙不覺得由弦「可以」，那便毫無意義了。

而愛理沙到底是怎麼看待由弦的呢……

「……一般來說，女生不會讓不喜歡的男生摸自己的頭吧？」

從夏季祭典以來，由弦感覺到自己和愛理沙的感情一下子升溫了不少。

愛理沙對由弦幾乎沒有什麼戒心。

……她肯定是喜歡上我了吧？由弦心中甚至冒出了這種想法。

「如果不是我太自作多情……嗯，感覺不是沒戲唱。」

如果由弦的期望是「不是假的『婚約』，真的跟我訂婚吧」或「和我結婚吧」，很有可能會被愛理沙拒絕。

對高中生而言，談結婚還太早了。

當然，由弦自己也覺得結婚還太早了。

可是……如果是交往，應該沒什麼問題吧？

繼續維持假婚約，當我的女朋友吧。

由弦覺得這樣說的話，愛理沙應該會接受。

結婚或婚約那些事之後再說就好了。畢竟真要說起來，普通的高中生才不會以結婚為前提來交往。

「……怎麼辦？」

由弦不禁抱頭苦思。

他至今為止根本沒有認真思考過和愛理沙交往這件事。

所以一旦開始在意起來，便有些手足無措。

……不過由弦也只煩惱了一下子。

「嗯，下次約會時試著向她告白吧。」

高瀨川家的男人都很沉著冷靜。

就算多少有些迷惘，也很快就會冷靜下來，做出合理的選擇。

在這裡扭扭捏捏地煩惱著「雖然想和愛理沙交往，可是要告白也需要勇氣……嗯～該怎麼辦才好……說到底，愛理沙真的喜歡我嗎……」這種事情，太不合理了。
他也不是不擔心自己會被甩……不過既然會被甩，那不如早點認清現實。
「……用電話？不，應該要當面說？」
還是說用寫信這種有情調的方式會比較好啊？
在由弦思考著這些事情之際……
「唔哇！」
手機的來電鈴聲忽然響起。
打來的人是……由弦的祖父。
「喂，是我，由弦。」
『嗯……你過得還好嗎？』
「托爺爺的福，過得還不錯。」
他從這種無關緊要的問候開始了和祖父的通話。
「所以說，你打來有什麼事？」
『怎麼？我打電話給我孫子還需要理由啊？』
「不是，唉……是不需要啦。」
說是這樣說，但祖父沒有理由是不會打來的。
「是想聽聽孫子的聲音嗎？」

『這也沒錯……不過我聽說你們模擬考的成績差不多出來了。』

「你這不就有理由嗎？」

『哎呀哎呀……所以呢？考得怎樣？……你該不會考了個說不出口的成績吧？』

「要說說不出口的話，確實是說不出口。」

『……怎麼？考得很差啊？』

「因為我還不知道成績啊。」

很遺憾，模擬考的成績還沒發下來。

大概……要再過幾天後才會發下來吧。

『這樣啊、這樣啊……知道成績之後再告訴我。』

「是可以啦……但你很在意嗎？」

『可以用來向其他人炫耀我孫子。』

「哦……」

看來在老人家的社交圈裡，孫子的成績是可以拿來吹噓的題材。

「……我是不太希望你拿我的成績去到處宣揚就是了。」

『又沒關係，你也不會少塊肉吧。』

「是不會少塊肉，但我的隱私……」

不過幸好，他的成績說出去（應該）不會太丟臉，所以沒問題。

真要說起來，如果是很丟臉的成績，祖父絕對不會說出去吧。
『是說……你這次可以考贏橘嗎？』
祖父說話的語氣變得不太一樣。
啊，他要說正經事了……由弦也轉換了一下心態。
接下來的不是祖孫之間，而是前任當家和下任當家的對話。
「這個……很難說呢。畢竟她很會念書。」
『嗯。如果只有念書倒是無所謂。』
從電話的另一頭傳來用輕輕用鼻子哼了一聲的聲音。
「我是完全沒有打算要輸……不，完全不認為自己有輸給她。」
『不過……我看你就算考試成績輸了，也沒有不甘心的樣子啊。』
「因為那只不過是考試罷了。」
他當然還是會覺得不甘心……
不過沒有必要糾結於考試成績。
不，不只是成績。
「高瀨川家在財力上本來就輸給橘家。」
『……嗯，所以呢？』
「可是獲勝的會是我們。就算不擇手段，只要最後能高人一等就好了，對吧？」

由弦如此答覆後……電話的另一頭傳來了輕笑聲。
『你知道就好。不過……這可不是過程中可以輸給對方的理由。』
「……我會謹記在心。」
由弦回話後，前任當家用低沉的聲音回了句『那就好』。
然後說教完了的前任當家……
語氣立刻變回了普通的老人家。
『對了對了，你最近跟天城家的女兒進展如何啊？』
「進展是指？」
『親過嘴了沒啊？』
親嘴。
也就是接吻。
和愛理沙接吻……腦海中浮現出這句話的由弦，覺得自己的身體稍微熱了起來。
「怎麼可能！……我們維持著柏拉圖式的關係。」
由弦說話的語調因緊張而微微上揚，他如此答道。
接著祖父小聲地笑了了，半開玩笑地說。
『拜託啊，在我死前要讓我看到曾孫啊。』
「……唉，這事我會妥善處理啦。」

由弦也希望能讓祖父看到曾孫。

當然那是不是「跟愛理沙生的」這還完全是未知數。

『嗯，不過連嘴都沒親過啊……你們應該沒有處得不好吧？』

「嗯，當然沒有。」

『嗯嗯……可是這表示你們還沒進展到決定要和對方互許終身的程度啊。』

「不，婚約……」

『在目前這情況下，婚約那種東西，要翻盤根本不是什麼難事……由我們這邊提出的話。』

由弦的祖父用有些冷漠的語氣這麼說。

天城家絕對無法主動取消婚約。

可是若是由他，由高瀨川家主動說要取消婚約，那就簡單了。

這就是天城和高瀨川，愛理沙和由弦之間的力量關係。

『你不中意的話，要取消也行喔？不然也只是浪費時間。』

由弦感覺到剛才還在自己身上的熱情唰地冷卻下來。

他謹慎地挑選用詞，回答前任當家。

「不，怎麼會……我們只是雙方都比較內向而已。拜託你別操心。」

要是現在他們這邊主動取消婚約，愛理沙在家裡的立場一定會惡化。

他必須維持這個婚約，這也算是為了保護愛理沙。

『嗯……這樣啊。』

聽了由弦的回答，祖父喃喃說道。

然後這次改用隱含著笑意的聲音開口。

『你想要的話，我稍微幫幫你吧？』

「……幫我？」

『就是在背後推一把。』

由弦腦中浮現了祖父在電話另一頭壞心眼地笑著的身影。

在背後推一把。

意思就是在背地裡施壓，讓婚約有所進展。

先斷了所有退路，讓愛理沙無法拒絕。

這就是他的提案。

不是以為孫子著想的祖父身分，而是前任當家向下任當家……提議執行的「策略」。

「我真的很感謝爺爺的好意……」

由弦稍稍咬緊牙關後，盡可能用平穩的聲音回答道。

「不過這是我的婚約，也是我的婚事。我不想勞煩爺爺。」

由弦用刻意強調的語氣回覆後……

電話另一頭的前任當家用鼻子哼地笑了一聲。
『是嗎？那就好……要是你改變了心意，就隨時跟我說。我會幫你的。』
「……好。不過我想應該沒那個可能。」
「呵呵呵……嗯，你好好加油吧。」
不知道他是覺得哪裡有趣，不過祖父笑著掛斷了電話。
講完電話後的由弦把手機放在桌上，無力地癱坐在椅子上。
「……唉。」
由弦重重地嘆了一口氣之後，喃喃自語。
「……看來還是別輕舉妄動比較好。」
於是他的告白計畫又變回了白紙。

※

小學二年級的時候。
她轉學進來了。
那個女孩非常漂亮，惹人憐愛。
他對她一見鍾情。

知道她將坐在自己旁邊時，他好高興。
覺得這或許是命運。
她總是掛著冰冷的表情，不管發生什麼事都無動於衷。
可是她絕對不是冷漠的人，她對誰都很溫柔，一視同仁地對待大家。
在他忘記帶課本，拜託她借他看的時候，她沒有絲毫不悅地借給了他。
她就是這麼好的女孩。
因為喜歡她……想要更了解她。
所以他曾經去看過她家一次。
他記得那是小學四年級的冬天。
他因為一時興起，爬上了那道高高的石牆，偷看了她家。
那時候他看到了。
她的母親賞了她一巴掌的景象。
她被母親給硬拖了出來，丟到了院子裡。
落地窗唰的一聲關上的聲音讓他留下了深刻的印象。
明明是冬天傍晚，她卻只穿著內衣，感覺很冷地顫抖著。
他急忙跑到她身邊。
那時候他對她說了什麼……他已經不記得了。

不，恐怕他只有跑過去，什麼話都說不出口吧。
她露出冰冷的眼神，拋下一句。
請不要和我扯上關係。
她這麼說了。
他只能逃離現場。
後來他才從她的哥哥，不，是她的表哥那裡聽說了。
他這才知道，她是個境遇非常可憐的女孩。
那是生在一般平凡家庭的他無法想像的世界。
他想要保護她，想要拯救她。
不過只是個小孩的自己沒有任何能力。
真要說起來，他也不知道該怎麼做才好。
儘管如此，他還是認為自己該為她做點什麼，持續思考著。
實際上他也有不時向她搭話，或是幫忙她做股長的工作，做了很多事。
每當他做這些事，她便會露出美麗的笑容向他道謝。
要是能像這樣逐漸拉近兩人的距離。
然後等到自己長大成人……
在他這麼想的期間內，他們升上了小學六年級。

他從她的表哥口中，聽說了她要去念比較好的私立中學的事。
所以他拜託父母，讓他去考那間學校。
父母或許是以為他有心想要認真念書了吧，他們不僅全力支持他，還讓他去補習。
他想辦法考上了那所學校。
他一心認為在國中，兩人之間的距離會變得更近。
往後的學校生活一定會變得非常開心。他對此深信不疑。
可是……
很不可思議的，事情並不如他所想的那樣。
或許是因為雙方都進入了青春期吧。
開始感覺到男女之間的隔閡。
社團活動也是男女分開。
再加上國中時期運氣不好，他們連一次都沒有同班到。
到了國中三年級。
要考高中時，他聽說了她要去念私立高中的事。
從這裡搭電車通學大約要花上四、五十分鐘。
是一間距離略遠，被譽為是名校的高中。
要說那裡是全國數一數二的升學高中……似乎也不到那種程度，可是自己的成績和就讀那所學校所需要的考試成績，或是推薦申請成績相比之下，有著極大的差距。

他雖然努力想要考上同一所高中……

然而沒能像考國中時那樣順利。

他的成績差了一點點，沒能考上。

他絕望了。

不過自己跟她住得很近。

之後還有機會碰面吧。

絕不是沒有機會。

就算高中不行，只要能考上同一所大學就好了。

……他原本雖然這麼想，可是這想法太天真了。

人和人只要一度失去交集，關係就會瞬間變得疏遠。他在這時候才初次理解到這件事。

偶爾會在路上擦身而過，打個招呼。

兩人之間變成了這種程度的關係。

在那之後又經過了一段時日，到了七月。

在他從補習班回家路上，經過她家前面時……碰到了她。

不過情況和平常不太一樣。

她的身邊站著一位他沒見過的男性。

是位身高比他高一點，五官端正，感覺很沉穩的男性。

一開始他還以為那個人可能是她的親戚。

他會這麼想，也是因為對方看起來成熟得不像高中生。

因為外表看起來滿年輕的，恐怕是大學生吧。

他不覺得男大學生和還是高中生的她之間會有交集，所以才會推測對方大概是某個跟「天城家」有關的有錢人家的少爺。

對方用非常沉穩的語氣和表情，說自己是她的同班同學。

他首先就很訝異對方居然和他同年。

可是經對方這麼一說，可以看得出那工整的五官上確實留有些許稚氣。

對方也跟他一樣，在不久前還是國中生。

對方的用詞和態度非常謙恭有禮。

她則是規矩地站在間隔對方一步的後方。

簡直像是隨侍在對方身邊的位置。

而且她像是在觀察對方的情緒，也像在等候意見或指示，不時偷瞄對方。

他覺得這傢伙很討厭。

他不記得自己後來說了些什麼。

只記得自己隨便找了個藉口逃走的事實。

只是同班同學。
所以對她來說，那個人應該只是普通的男性朋友。
她是個雖然被許多男生告白過，可是全都拒絕了的女孩。
事到如今，她不可能和只是同班同學的男生交往。
他這麼告訴自己。
儘管如此……他還是好在意，好在意，在意得不得了。
他們真的只是同班同學嗎？
是朋友嗎？
還是說，他們該不會，該不會是……
光是去想這件事，就讓他擔心得睡不著覺。
可是他也沒有勇氣直接問她。
就算在路上擦身而過，也只會打個招呼。
他就過著這樣的日子……來到了九月。
某天，他和家人一起出來逛街買衣服。
然後……遇見了她。
他本來想上前搭話的，可是那個男的在她身邊。
兩人看似愉快地聊著天。

……他連忙躲了起來。
她拿起了一件款式成熟的秋季外套。
然後看了看自己的錢包，嘆了口氣。
那恐怕不是靠她的零用錢買得起的東西吧。
後來她對著那個男的說了些什麼。
兩人交談了幾句話。
接著她向店員搭話後，披上了那件外套。
然後又向那個男的搭話。
那男的說了些什麼之後，她開心地笑了。
在那之後……他稍微可以聽到她的說話聲。
我真的要買了喔？
他聽到她這麼說。
她有些興奮，又像是要再三確認地問了那個男的。
他知道了。
她央求那男的買外套給她，而那個男的答應了。
那男的從錢包裡拿出信用卡，乾脆地買下了那件感覺很貴的名牌外套。
她從店員手中接過了裝有外套的紙袋。

開心地用雙手抱著紙袋。
不和任何人有親暱的往來。
高不可攀。
孤高又美麗的獨行俠。
那男的緩緩將手伸向她。
然後摸了她柔順美麗的秀髮。
她完全沒有反抗。
不如說她根本任對方擺布。
她瞇起了眼睛，好像很舒服的樣子。
那模樣真的就像是小狗或小貓。
他看不下去她那徹底陶醉於其中的表情。
所以他看向了那個男的。
那個男的……臉上掛著下流的笑容。
看起來像是在盤算著要做什麼不好的事。
別被他給騙了！他好想這樣大叫出聲。
實際上他差點就叫出來了……可是他沒那個勇氣。
一股反胃的感覺湧了上來。當他回過神來時，自己人已經在男廁裡了。

他在洗手檯洗了臉。
鏡子上倒映著一個表情失落無力的男人……就是他。

他的戀情在開始前就結束了。

第三章 「婚約對象」和留宿

十月初。
這天是運動會。
由弦就讀的高中不會在學校裡舉辦運動會，會去租借外面的田徑體育館來舉辦。
因為有觀眾席，觀戰起來很輕鬆。
「不過……我們高中的運動會還真無聊耶。」
「我有同感。」
「唉……一點都不有趣。」
宗一郎和由弦都同意聖的發言。
一般高中的運動會上會有哪些競賽項目？
疊羅漢？
騎馬打仗？
丟球？
總之不管是什麼項目……

就算不喜歡運動，也多少能樂在其中。
主要都是這種競賽項目吧。
至少在由弦國中和小學的運動會上舉辦的競技項目都是這種類型的。
然而這所高中不同。
個人競賽項目是一百公尺和兩百公尺賽跑，或是跳高之類的，完全只有跑跟跳的田徑項目。
至於團體競賽項目……只有接力賽跑。
「這樣根本不是運動會，而是田徑紀錄大會吧。」
聖開口抱怨。
由弦也有同感。
由弦是不討厭運動，社團活動也選了籃球社（雖然這麼說，但他是一週只會去一次的玩樂型社員）……
可是這個運動會實在太無趣了。
「那不如欣賞一下女孩子吧？」
宗一郎一臉認真地說。
這傢伙雖然乍看之下是個認真老實的人，但是內在意外地還滿人渣的，而且要再順便補充的話，他還滿變態的。

「……也只有這點樂趣了。」

順帶一提，由弦也跟他一樣。

畢竟他們是男孩子嘛。

基於以上原因，由弦他們決定來幫女生們加油。

「運動服啊……感覺有點色色的耶。」

「我懂。」

「沒錯。」

聖沒多想地說出這句話。宗一郎和由弦也同意。

運動服基於機能性，採用了短袖、短褲。

所以意外地會露出不少肌膚。

再加上布料很薄，可以清楚地看出身體的曲線……偶爾也能看到運動服裡面的衣服透出來。

當然，一般女生都會穿件就算透出來也無所謂的背心在裡面，他們幾乎沒有機會看見女生們的內衣……

不過就算如此，也已經夠色情了。

「我想運動服並非是為了色情……不僅如此，還是基於非常健全、健康的目的而設計的衣服，卻莫名地有種色情感，就是這一點讓人覺得很讚吧。」

宗一郎用極為認真的表情說出了真理。

由弦和聖都點了好幾次頭。

「還有該說這就是高中的日常生活嗎……是青春的一頁這很重要吧？算是有一種懷舊感嗎……唉，雖然我們還不到那種年紀就是了。」

「是穿來運動，會流汗的衣服這點也很重要吧？該說感覺很健康嗎……畢竟不健康的東西無法讓人興奮起來啊，這果然是本能吧。」

由弦和聖也提出了不同的觀點。

當然，他們把聲音壓得很低……用不會被周遭的人聽到的音量在討論。

這種猥褻對話要是被班上的女生聽到，明天班上就沒有他們的容身之處了。

「這麼說來……以前不是有那種超短的體操褲嗎？」

由弦回想起透過網路和父母得來的知識。

不過現在當然已經看不到那種東西了。

「……雖然大叔們好像很喜歡那種的，但你不覺得那感覺不對嗎？」

「不……唉，那種要說色也是滿色的不是嗎？雖然我可以理解你為什麼覺得不對啦。」

「我懂。老實說那個對我們來說感覺太像是在玩角色扮演了。」

宗一郎和聖也同意由弦的意見。

對他們三個而言，體操褲是過去的遺物、骨董……不過是角色扮演罷了。

雖然不討厭，但總覺得有哪裡不對。
「說起體操褲……我們學校女生穿的運動褲比較短呢。」
「……經你這麼一說。」
「確實是這樣……」
男生的運動褲長度很普通，可是女生的感覺比較短一點。
長度大約到膝上十公分的位置吧。
跟桌球選手的運動褲差不多。
「哎呀，看起來很帥氣，不錯啊。」
「是啊。」
「的確很帥氣呢，嗯。」
宗一郎和由弦誇張地點頭同意聖的話。
……實際上帥不帥氣這點根本無關緊要就是了。
重要的是可以看到多少女孩子的腿。
就在他們談論著這些不能讓女孩子……特別是「婚約對象」聽見的內容時，由弦看了一眼手錶後，站了起來。
「我差不多該過去了。」
快到由弦選擇參加的項目比賽的時間了。

「喔，這樣啊。」

「你是參加什麼？我忘了。」

「兩百公尺六人接力賽。要來幫我加油啊。」

「有空的話。」

「嗯，我們會在看女生的空檔去看一下你的。」

「你們這樣也算是朋友嗎？」

由弦一邊和朋友們抬槓，一邊離開了這裡。

由弦和要一起參加接力賽的同學會合後，利用比賽開始前的一點時間做簡單的熱身運動，還有練習接棒。

老實說包含由弦在內，大多數的同學都不太在意能否拿到優勝……

可是他們也不想丟臉。

要是接棒時掉棒，成了「戰犯」那就尷尬了，所以這方面他們倒是練習得很認真。

（那兩個傢伙有在看嗎？）

在距離接力賽開始還幾分鐘的時候。

由弦看了一下觀眾席。

宗一郎和聖他們兩個……

在看女生的一百公尺賽跑。
八成是在看女生的胸部跟腿吧。
女生的胸跟腿和由弦的活躍表現。
顯然前者對他們來說比較重要。
「真無情。」
不過由弦也會做類似的事，所以沒資格說別人。
接著由弦開始找起另一個人。
有著美麗亞麻色頭髮的少女正直盯著由弦他們這裡看。
由弦和她四目相交。
接著她就……
輕輕揮了揮手。
由弦的心噗通作響。
「喂，剛剛……雪城同學是不是對我們這裡揮了揮手啊？」
「真的假的……我來努力一下好了。」
同班同學們也開始騷動起來。
然後開始了「她是在幫我加油」、「不，是在幫我」……這種醜陋的爭執。
（……稍微加把勁吧。）

由弦心中冒出了些許的優越感。

※

運動會後。

「有點累了呢。」

「是啊。」

由弦和愛理沙兩人待在由弦所住的華廈裡。

從體育館到愛理沙家，途中會經過由弦住的華廈。

既然都到這裡了，要不要在房裡休息一下再回去？

由弦是這樣邀她的。

愛理沙二話不說就答應了。

「不過就是跑了一下而已……但不知道為什麼很累呢。」

他也不過就跑了兩百公尺。

儘管如此，由弦還是覺得有些疲憊。

不過他其實知道原因是什麼。

因為他稍微認真起來，拚命地跑了。

愛理沙向他揮手讓他很高興，發揮了超過他極限的力量吧。
儘管是自己做的事，說起來還是有些害羞。
「話說回來，愛理沙……妳有對我揮手對吧？」
「啊，對啊……我不要這樣做比較好嗎？」
「不，我很高興喔。」
確認愛理沙是對自己揮手後，由弦稍微放心了。
要是愛理沙揮手的對象不是自己。
或是她是對包含自己在內，所有的同班同學揮手的話。
他應該……會有些吃醋吧。
（……這樣不行啊。我明明不是她的男朋友。）
由弦強行壓下了莫名湧上的占有慾和嫉妒心。
「由弦同學……也有來幫我加油對吧？」
「是啊，妳表現得很出色呢。」
由弦的確有看愛理沙出賽的樣子。
雖然他不想被宗一郎他們調侃，所以沒向愛理沙揮手。
「嗯……我想妳也很累。稍微休息一下吧。我去泡個咖啡好了。」
「好，拜託你了。」

由弦走向廚房，準備咖啡。
這次沒有搭配的點心，而且由弦自己也有點累了，所以他在自己的咖啡裡也加了牛奶和砂糖。
他拿著咖啡回到客廳後……
「嗯……」
只見愛理沙有些疲憊地轉動著脖子。
還用拳頭搥了搥自己的肩膀。
「愛理沙，咖啡泡好了喔。」
「喔……謝謝。」
愛理沙從由弦手中接過杯子，吹了幾口氣讓咖啡涼下來後，粉色的嘴唇抵上了杯緣。
喝了一兩口咖啡之後，她把杯子放在桌上，呼出一口氣。
然後又開始轉動脖子。
「愛理沙。」
「什麼事？」
「妳的肩頸很僵硬嗎？」
「咦？」
愛理沙做出了像是在說「你怎麼會知道？」的反應。

看來她幾乎是下意識地在做轉動脖子和搥肩膀的動作。

「不好意思，我表現出來了嗎？」

「嗯，是啊……妳很容易有肩頸僵硬的問題嗎？」

聽由弦這麼一問，愛理沙點點頭。

然後一邊摸著肩膀一邊回答。

「我本來就有肩頸僵硬的問題……在運動或是長時間念書過後又會顯得特別嚴重……是我的姿勢不好嗎？」

「……不知道耶，我是覺得妳的姿勢沒什麼問題啦。」

雖然他刻意不指出這一點。

不過答案很明顯。

由弦的視線移向愛理沙胸前那柔軟又豐滿的果實。

她身上穿著運動外套，可是並未拉上前面的拉鍊。

或許是因為隔著薄薄的運動服吧，她的胸部看起來比平常更大。

胸前掛著這麼重的東西運動，肩膀當然會僵硬吧。

「妳不介意的話……我幫妳按摩一下吧？」

由弦沒多想就說出了這句話。

說完之後……他就有點後悔了。

（我不是那意思……不過她應該不想讓男生碰她的肩膀吧？她別想歪就好了……）

他有點擔心愛理沙會因此避開他。

然而這只是他在杞人憂天。

「可以嗎？」

「嗯，妳很不舒服的話……我按摩的技術可能沒那麼好就是了。」

「……那就拜託你了。」

愛理沙這麼說，脫下了本來穿著的運動外套。

然後轉向後方，讓纖瘦的肩膀面對著由弦。

「……那我就失禮了。要是會痛或是覺得不對勁就跟我說。」

由弦說完後，將手掌放到愛理沙的雙肩上。

雖然一碰她就知道了，但是愛理沙果然很瘦。

不過這也不代表她身上完全沒有肉。

她身上的肌肉很結實又柔軟。碰了之後便很清楚，她的身體有著女孩子特有的柔軟觸感。

「我要按了喔。」

由弦這樣說完後，便用拇指按壓愛理沙的肩膀。

肩膀肌肉傳來了比他想像中更明顯的強烈反動。

感覺得出她的肌肉非常僵硬。
「嗯……」
愛理沙發出了微弱的呻吟。
他從掌心中感受到愛理沙的柔軟和溫暖。
而且……還有些許酸酸甜甜的汗水氣味。
「你可以再按用力一點沒關係。」
「喔，我知道了。」
「嗯……大概這個力道……啊……」
明明只是在幫她按摩肩膀而已。
由弦卻不知為何開始有了奇妙的感覺。
他莫名地在意起愛理沙雪白的後頸。
一想到他的手指只要稍微往前伸，便能碰到柔軟的脂肪，他的身體便熱了起來。
他的視線越過愛理沙的肩頭，稍微往前看後……
看到了愛理沙雪白的腿。
愛理沙是以所謂的小鳥坐，或是被稱為W型坐姿的方式跪坐在地上……不過可以從運動服的下襬看到她雪白的雙腿。
要是摸了，一定非常柔軟吧。

「……嗯……呼……哈啊……啊……」

「愛、愛理沙……除了肩膀之外，妳還有希望我幫妳按摩哪裡嗎？」

由弦為了忽視那股情緒，開口問愛理沙。

愛理沙用有些魅惑的聲音回答。

「這個嘛……嗯……可以拜託你按一下脖子嗎？還有肩頸連接的地方。」

「……好，我知道了。」

由弦將手伸向愛理沙雪白的脖子。

接著……

「呀啊！」

由弦的心臟漏了一拍。

「怎、怎麼了？」

「對、對不起，因為有點癢。」

「這、這樣啊。」

由弦又加重了手上的力道。

他溫柔地漸漸施力，揉開愛理沙僵硬的肌肉。

而每當他動手按壓時，不知道是會癢，還是感覺很舒服……愛理沙總會發出誘人的喘息聲。

由弦一邊想著老家養的狗，一邊默默地用像是在工作的心情，繼續幫愛理沙按摩。
他大概持續按摩了約十五分鐘吧。
「嗯……可以了。」
由弦收手後，愛理沙大大地伸了個懶腰。
再動了動肩膀。
然後轉過身來。
「謝謝你，我的肩膀感覺輕鬆多了……作為回報，我也幫你按摩一下吧？」
她提出了令人感激不盡的提議。
雖然不像愛理沙那麼嚴重，但由弦的肩頸也有些僵硬。
所以他很想就順著她的好意……
儘管這麼想，可是由弦現在沒空顧慮這些。
「我……不用了。應該說我現在急著想去廁所。」
「這樣啊。抱歉絆住你了。」
幸好愛理沙沒對由弦趕著去廁所的事情起疑。
由弦用身體微微前傾的姿勢進了廁所……
「唉……」
由弦重重地嘆了一口氣。

他花了幾分鐘的時間才冷靜下來。

※

運動會後的上課日。

那天一大早，在暑假中舉辦的（第二次）全國模擬考的成績單發下來了。

發完成績單後，學生們的樣子……可以用慘不忍睹來形容吧。

露出開心表情的人並不多。

而要說由弦的成績大概位在哪種程度的話……

（……嗯，還不錯。）

由弦的個性雖然算不上認真……不過在學業上倒是費了不少心力。

他會注意自己有沒有跟上課業進度。

儘管成績不是頂尖，仍會考出不錯的成績，大概是這種感覺。

話說回來，愛理沙考得怎麼樣？

由弦思及此，稍微轉過身確認她的表情。

愛理沙似乎已經看過成績了。她將成績單折了起來，收入資料夾裡。

她的表情一如往常地平靜、冷淡、面無表情。

周遭的同學都在說「雪城同學看起來游刃有餘的樣子」、「她一定考得不錯吧」。
然而……
（她那個樣子，應該是很消沉吧。）
正好明天是週六。
由弦決定要安慰她一下。

而在那天放學之後。
有某個人從背後用力地撞上正打算回家的由弦。
在他想著到底是誰並轉身後……發現是心情看起來非常好的青梅竹馬。
「嗨，由弦弦，你的模擬考成績怎麼樣啊？」
臉上堆滿笑容，有著一頭黑色中長髮的美少女。
是橘亞夜香。
她偏紅的琥珀色眼睛正閃閃發著光。
「我有什麼理由非得要告訴妳不可？」
「你真無情耶，我們是青梅竹馬吧？不如說，你有什麼理由不能告訴我？」
「唉，是沒有啦。」
這也沒什麼好隱瞞的。

由弦從書包裡拿出資料夾。
接著亞夜香便睜大了雙眼。
「由弦弦居然把模擬考的成績單收在資料夾裡！天要下紅雨了。」
「妳講話失禮也該有個限度吧。」
嘴上這麼說，但因為由弦國中時東西都收得很隨便，亞夜香會吃驚也是理所當然。
真要說起來，由弦是問了愛理沙，知道她都這樣保存成績單後，才會把模擬考的成績單集中收在資料夾裡的。
當下或許要費點功夫，可是之後要找就輕鬆囉？
因為愛理沙對他這麼說，他才會試著做做看的。
「哦～不愧是由弦弦。考這種校外模擬考的時候，由弦弦果然很強耶。」
她有些感佩地說道。
「啊，校內排名第二啊。」
「似乎是這樣。」
「你好像不是很高興耶。」
「校內排名這種東西，沒什麼價值可言吧？」
考大學是全國級的戰爭。
雖然在校內名列前茅沒什麼不好，不過為此高興也沒什麼意義。

而且……

反正他一定輸給了眼前這個女人。

「順帶一提，我……」

「反正妳一定是第一名吧？」

被由弦這麼一問，亞夜香笑瞇了眼。

「你還真清楚呢。」

「妳校外模擬考都考得很好。應該說，因為妳的成績不可能比我差啊。」

由弦對於橘亞夜香的腦袋有多好這點抱持著某種信賴感。

她的腦筋非常好。

由弦的人生中，連一次都沒有在這種跟考試有關的事情上贏過亞夜香。

「啊哈，哎呀……因為我很擅長應付這些『紙』嘛。」

考試這種東西，說穿了不過就是「紙」。

就算嘴上謙虛地說著這種話，行動卻和說出來的話相反，她得意地把自己的考試成績拿給了由弦看。

「……真不愧是妳。」

看了亞夜香的成績單，由弦不禁低聲說道。

在三個科目中，由弦只有一個科目分數勝過亞夜香。

「不過真不甘心，英文的成績輸給你了。」

「要是我所有科目都輸給了『橘』，我身為『高瀨川』就無地自容了吧……妳可以稍微放水一下喔？」

又輸給「橘」了。

由弦心想著，真希望亞夜香能站在他的立場，想想他必須這樣向老家報告的心情。

儘管兩家並非明確的對立，可是高瀨川家是有些視橘家為對手。

「我不能放水呢。畢竟我想向叔叔報告，說我又贏了『高瀨川』啊。」

亞夜香的父母去世了。

所以她的監護人是父方的叔叔。

以這點來看，她和愛理沙的處境有點像。

不過……亞夜香和叔叔的關係非常好，所以這點倒是完全不同。

「唉，不過啊，由弦弦。這不過就是『紙』啊。」

亞夜香輕拍著由弦的肩膀。

這就是優勝者才有的餘裕吧。

「我哪天也想對小亞夜香這麼說呢。」

為了勝過亞夜香，試著認真努力看看或許也不錯。

由弦忽然有了這種念頭。

※

隔天，週六。

由弦一如往常地開門迎接愛理沙。

「今天也請多指教了。」

「嗯，歡迎。快進來吧。」

他催促愛理沙進門。

愛理沙以自然的動作脫了鞋子，走進客廳。

然後兩人跟平常一樣，開始玩起了遊戲……

可是愛理沙感覺比平常更欠缺集中力。

今天獲勝的機率滿高的呢。

就在由弦沉浸在些許的優越感之中時……愛理沙突然開口問他。

「那個，由弦同學。」

「什麼事？」

「……你昨天拿到的模擬考成績怎麼樣？」

愛理沙的個性果然很容易消沉。

昨天發下來的考試成績不佳這件事，似乎仍令她耿耿於懷。
既然由弦是第二名，亞夜香是第一名，那愛理沙在校內的排名就肯定是第三名以後了。
「還算是滿不錯的吧。」
「……可以讓我看一下嗎？」
「嗯，是可以。」
瞞著她也沒什麼意義，由弦從書包裡拿出裝有成績單的資料夾，遞給了愛理沙。
愛理沙看了成績單……
她用混雜著驚訝、喜悅、傷心等情緒，非常複雜的語氣說道。
「校內排名是第二名啊。」
「是啊，這次的狀況還不錯。」
「……我順便問一下，你知道校內排名第一的是誰嗎？」
「是小亞夜香。」
「……果然是這樣嗎？」
看來愛理沙已經預想到了。
她以有些低沉的語氣回應。
然後愛理沙好像是特地把成績單帶來了，她默默地把自己的成績單遞給了由弦。
上面的分數和成績……

絕對不算差。

校內排名是第三名。

可是……

第三名絕對不是什麼不好的名次，不如說是非常好的名次。

然而，對於校內的考試總是考第一的愛理沙而言，平時名次不如自己的兩個人卻在校外模擬考時贏過了自己，她應該很不甘心吧。

「我是認為自己有可能會輸給亞夜香同學，可是應該能拿下校內排名第二的名次的……」

愛理沙有些憤恨地說著。

簡單來說，就是她沒想到自己會輸給由弦，所以很不甘心……大概是這樣吧。

不過似乎可以窺見一些比不甘心更黏膩厚重的負面情感。

「不是，愛理沙，這不過……」

不過就是個考試。

妳想太多了吧。

由弦本來是想這樣說的，然而……

「對、對不起。跟由弦同學說這種話也沒有意義吧……我的個性真差。其實我都知道。

我本來就是在這種校外模擬考……這種範圍比較大，需要應用能力的考試上考不出好成績的人……說穿了，覺得自己可以贏過由弦同學這種想法本來就不好。對不起。我真的是……啊，真是的，真的很對不起。明明跟由弦同學說這些事情也沒有意義的。」

看來她好像陷入了不太好的思考模式裡。

他本來就多少感覺得出愛理沙的精神比較脆弱，所以也不是那麼吃驚。

由弦朝著愛理沙伸出手。

然後她好像是誤會了什麼，用力握緊雙手，閉上了眼睛。

由弦盡可能溫柔地摸了摸她的頭。

那頭清爽柔順，手感非常好的頭髮，讓人想要一直摸下去。

「沒事的，愛理沙。」

「……對、對不起，明明是我不好……」

「那我有件事想要拜託愛理沙，可以嗎？」

因為覺得不管怎麼安慰她，她都會卡在負面思考的循環中，無法跳脫出來。所以由弦選擇給愛理沙一個「贖罪」的機會。

不過愛理沙根本沒做錯什麼事，所以也稱不上是「贖罪」就是了。

對於容易批判自我、自責的愛理沙，給愛理沙一個能夠原諒自己的機會，比較能夠維護她的精神衛生吧……幸好，他手上正好有合適的材料。

「其實我媽寄了吃的東西來給我。」

「……吃的東西嗎？」

「沒錯。只是該說我實在不會料理它們嗎，總之我不會處理。想請妳看一下。」

由弦這麼說完後，從廚房搬了一個保麗龍箱到愛理沙面前。那是前幾天從老家寄來的東西。

「哇……這、這還真不得了耶。」

打開蓋子給她看之後，愛理沙驚訝地睜大了眼睛。

畢竟由弦當時也嚇了一跳，愛理沙會吃驚也是合理的反應。

箱子裡塞滿了尺寸巨大的松茸。

「是松茸啊……我是有煮過，不過還是第一次看到這麼多松茸。」

愛理沙的語氣聽起來有些雀躍。

因為要處理這種高級食材，正是展現廚藝的時候吧。

可是她的表情馬上又顯得有些不安。

「不如說，我真的可以負責料理這些松茸嗎？」

「本來東西寄來的時候，就有寫說要請妳幫忙料理喔……畢竟我一個人也拿這些東西沒輒。」

「……請你幫我跟伯父和伯母說，我真的非常感謝他們。」

愛理沙對由弦這麼說。

然後她拿起了特大的松茸。

「嗯……這個嘛。總之先確定要做松茸炊飯了。再來就是用鋁箔紙包烤之類的。炭烤……雖然沒有炭所以辦不到，不過可以利用瓦斯爐做出類似的料理。另外就是做成湯餚，這樣煮也很好吃呢。要是有土瓶，我也想試著做土瓶蒸看看。」

該說真不愧是愛理沙嗎？

她馬上就想到料理方法了。

……模擬考成績的事似乎已經被她拋在腦後，這讓由弦放心了些。

可以的話他希望愛理沙能夠一直帶著笑容。

至於他為什麼會對愛理沙有這種想法，由弦選擇無視這個問題，開口問愛理沙。

「我記得家裡好像有土瓶，只是收在裡面。就做那個怎麼樣？」

「等我一下……如果只是要做松茸料理，事情很好解決。可是只吃松茸也很難受吧？果然還是會想要搭配肉或魚吧。而且全是褐色的食物，沒有綠色食物也不好。我現在正在思考這方面的事。」

愛理沙這樣說完後，便用手抵著下顎……

開始陷入了沉思。

然後她開口問由弦。

「你肚子餓嗎？」

「嗯，那當然。」

「那……請你要多吃點喔。因為我會煮很多。」

愛理沙說完後眨了一下眼，拋了個可愛媚眼給他。

在這一瞬間，由弦的心臟重重地跳了一下。

※

由弦和愛理沙早早結束遊戲，前往附近的超市。

然後買了幾種必要的食材。

兩人打算回到華廈……

就在這途中。

「嗯？下雨了啊……」

忽然有滴冰涼的水接觸到皮膚，讓由弦下意識地抬頭看向天空。

灰黑的烏雲沉重地覆蓋著整片天空。

「我們走快點吧。」

「說的也是。」

由弦和愛理沙加快了腳步，走向華廈。

幸好他們在雨真的下下來之前就回到家了，不過……

「這雨看來短時間內是不會停了。」

由弦一邊從陽台的窗戶看著外頭一邊說道。

兩人衝進房裡的五分鐘後，外面已經下起了傾盆大雨。

「希望電車不會因此停駛或延誤……」

「我們可能要多少注意一下情況比較好。」

不過最糟的情況下，也只要叫計程車就好了。

一旦由弦負責出錢就沒問題了。

雖然愛理沙可能會說這樣她很過意不去，可是既然請對方到家裡來了，由弦的使命就是要讓她平安地回到家。

「那就請由弦同學你跟平常一樣，乖乖等著吧。」

「……我在家也有稍微幫過我媽的忙。說不定有我可以幫上忙的地方喔？」

由弦試著如此提議後，愛理沙搖了搖頭。

「我很感謝你的好意，可是我有我自己的做法。而且……」

「而且？」

「要是由弦同學的廚藝變好了，我會很頭痛的，這樣就沒我出場的餘地了。」

愛理沙半開玩笑地說。

雖然關於由弦的廚藝這方面是在說笑……
可是工作被搶走會害她沒有出場的餘地，這似乎是她的真心話。
「我知道了。那我就乖乖等著吧。」
硬是要幫忙也只會妨礙到愛理沙，所以由弦就沒繼續堅持下去了。
和平常一樣，他只要幫忙洗碗就好了。
在那之後，時間緩緩流逝……

時間是下午六點。
奢侈地使用了大量松茸的料理完成了。
從常見的松茸炊飯、茶碗蒸、鋁箔紙包烤松茸……
到奶油炒松茸菠菜、炸松茸等比較不一樣的菜色。
以及佐餐的湯餚。
是豪華的松茸全餐。
當然，由於愛理沙有考慮到配色和營養均衡的問題，所以也有運用松茸以外的食材。
由弦不禁感嘆出聲。
「今天……真的很豪華耶。」
「總覺得不太好意思。我一時得意忘形，做太多了。」

愛理沙搔著臉頰說。

看到松茸這種高級食材，她似乎是努力過頭了。

「沒關係，剩下的我明天會吃掉。畢竟是妳特地做的菜。」

「能聽到你這麼說真是太好了。」

兩人雙手合十，開始動筷。

愛理沙做的菜當然沒道理會不好吃，每一道料理都非常美味。

可是在為數眾多的料理中，由弦特別喜歡的……

「這個……真好吃。」

是茶碗蒸。

蝦子和鰹魚高湯的濃郁風味。

接著松茸高雅的香氣在口中擴散開來。

吃起來的口感也很柔嫩滑順。

「會做菜的人做出來的完全不一樣呢。」

「能聽到你這麼說真是太好了……我很擅長做茶碗蒸喔。」

愛理沙也對這道菜很有自信的樣子。

她開心地笑了。

在那之後，兩人先把感覺不能久放，或是涼了以後就不好吃了的菜優先收進胃袋裡。湯餚等只要再加熱就能吃的東西則是包上保鮮膜後，放入冰箱保存。最後兩個人一起把該洗的碗盤都洗好了。

然後……由弦從窗戶看了看外頭。

風雨變得更強了，實在不像是可以回去的樣子。

「真傷腦筋……要乾脆叫計程車嗎？如果沒錢搭計程車，我可以借妳。」

「這樣實在太過意不去了，而且由弦同學手頭也不是那麼寬裕……」

就在這時候。

窗外瞬間閃過一道光。

彷彿劃破天空的巨響隨之響起。

然後……

「呀啊！」

「唔哇！」

被愛理沙推倒的由弦驚呼出聲。在此同時……

軟綿綿的。

他感覺到有某個柔軟的東西壓在自己的胸膛上。

愛理沙正趴在他身上，身體不停地顫抖著。

「喂、喂，愛理沙，妳沒事吧？」
「啊，對、對不起，我沒……咿！」
再度打下的雷讓愛理沙的身體驚訝地抖了一下。
總之由弦先坐了起來。
愛理沙似乎是嚇到腿軟了，癱坐在地。
「妳是很怕打雷嗎？」
「我、我剛剛那只、只是嚇到了而已。只要做好心理準備，我就不會怕了。」
在愛理沙說話的同時，又打下了一道雷。
她的身體雖然縮了一下……不過並沒有發出慘叫聲。
接著對由弦擺出了「看，我就說沒事吧」的表情。
「可是傷腦筋呢……果然還是叫計程車比較好吧。」
「等、等一下。要、要是雷打在車上該怎麼辦啊！」
「不是……車裡應該是安全的喔？」
雖然這只是他聽來的知識……
不過打在車或是建築物上的雷，會沿著表面傳導到地面上。
所以裡面是安全的。
「……紅、紅綠燈要是停了，會很危險的。」

「嗯，確實有這個可能性。」

如果在車子行進途中碰上停電，或許會因此發生交通事故。

這樣想的話，搭計程車也有危險。

可是……

「但是搭電車更危險吧？」

「這個……是、是這樣沒錯……」

「總不能讓妳住下來吧……」

「就是這個！」

由弦喃喃自語後，愛理沙忽然大聲說道。

她這是在說什麼啊？由弦不禁睜大了眼。

「不是，妳說就是這個！這……妳認真的嗎？」

「我是認真的……我絕對不要回去，我不要離開這個房間。」

愛理沙做出了閉門不出的宣言。

由弦不禁抓了抓頭。

未婚男女在同一間房裡共度一晚實在不妙。

「我說啊……愛理沙，妳說不定是忘了，但我可是男人喔？這樣太危險了吧。」

「打雷和由弦同學相比，打雷比較危險。如果是由弦同學，不管發生了什麼事，我都不至於會沒命。」

「不是……這，唉，雖然說是這樣沒錯啦。」

看來對打雷的恐懼，讓她的危機意識和感覺變得不太對勁。

不用說，由弦是沒打算要對愛理沙怎麼樣，所以她是很安全沒錯……

不過這世上沒有什麼絕對。

要是有個什麼「衝動」就糟了。

「可是沒有換洗衣物，也沒有床鋪……」

「我睡地板就好，也不需要換洗衣物。」

「……這樣啊。」

順帶一提，由弦這裡雖然沒有多的床鋪，不過有睡袋。

換洗衣物也只要拿學校指定的運動服借她就行了。

「那……只要妳的監護人同意，就沒問題。」

「我知道了。那我打個電話給養父。」

愛理沙說完後，走到房間的角落去講電話。

過了一會兒，愛理沙掛斷電話。

「怎麼樣？」

「他同意了。」

「這樣啊……」

由弦不禁嘆了口氣。

不過仔細想想，由弦和愛理沙不僅有婚約在身，又是交往中的情侶……對外來說是這樣的。

既然如此，只是住一晚也沒什麼問題吧。

當然前提是他們不會做什麼不該做的事。

「那……總之，我可以先去沖個澡嗎？」

「啊，好的，請隨意。」

由弦取得了愛理沙的同意後，迅速地沖了澡。

擦乾身體，換上了用來代替睡衣的運動服。

……由於平常只有他一個人在家，所以他都是裸著身子走來走去，但今天的情況實在不允許他這麼做。

由弦換好衣服之後，出聲叫愛理沙。

「愛理沙，妳應該也想沖個澡吧？這裡有浴巾，還有妳不介意穿我的運動服的話，我可以借妳。」

「不好意思，謝謝你。」

愛理沙向由弦行禮道謝。

這沒什麼好在意的。由弦說完後將浴巾跟自己的運動服拿給了她。
接著愛理沙稍微思考了一下後……開口問由弦。
「那、那個，由弦同學。」
「怎麼了？」
「……內衣褲該怎麼辦？」
「抱歉，我可沒有準備周到到家裡備有新的女用內衣褲的程度喔。」
要是他真有準備那也是很不得了的事。
當然也是有在大雨中跑一趟便利商店去買回來這個辦法……可是由弦也不想冒雨出門。
「這個，唉，我也知道這是理所當然的事，不過……可以的話，我是希望能換一下，所以……」
「就算妳這麼說，沒有的東西我也生不出來。妳只有繼續穿著現在身上的那一套，或是……不要穿這兩個選項。就由妳自己判斷吧。」
由弦這麼回答後，愛理沙一臉苦惱的樣子。
她想換內衣褲。
至少她不想要穿同樣的內衣褲整整一天，一直穿到隔天早上。
可是不穿這實在是……
她的表情彷彿如此訴說著。

雖然為了維持精神穩定，由弦是希望她能繼續穿著身上的內衣褲就是了。

「……我想想。」

看來她似乎覺得還有考慮的餘地。

雖然這麼說，但由弦既然都說要交給愛理沙自己判斷了，他也無可奈何。

由弦目送愛理沙的背影走進更衣室。

過了一會兒之後，裡頭傳出微弱的水聲。

「……」

感覺有點尷尬。

這麼一想，由弦便拿起手機開始玩了起來。

……然後事情便突然發生了。

「嗯？」

周遭瞬間陷入一片漆黑。

然後從浴室的方向傳來了慘叫聲。

「呀啊啊啊啊！救、救救我啊！由弦同學！」

「……饒了我吧。」

由弦忍不住大嘆了一口氣。

儘管如此，他也不能不去救她。

「我現在就過去，妳撐著點！」
「快、快點……快點，拜託快來救我……」
由弦大聲地向愛理沙搭話後，她用非常膽怯的聲音回了話。
這麼說來，她說過她很怕黑。由弦想起了這件事。
總之他先靠著手機的照明，走到了更衣室。
然後隔著浴室的玻璃門向愛理沙搭話。
「喂，愛理沙。妳還活著嗎？」
「由、由弦同學！救、救救我……我、我沒辦法……待、待在這種又黑又狹窄的地方……」
她用聽起來像是下一秒就會死的語氣這麼說。
「冷靜點，妳自己有辦法動嗎？」
「沒、沒辦法……快、快點……救、救救我。」
「不是，就算妳叫我救妳也沒用啊。」
現在這一片漆黑恐怕是停電造成的。
不管再怎麼說他都沒辦法讓電力恢復。
由弦也很想拯救愛理沙，可是既然愛理沙全身赤裸地在浴室裡，他實在束手無策。
「……我可以進去嗎？」

「可以！可以！快、快點！我、我已經……不、不行了……」

「別放棄啊，我會閉著眼睛進去的。」

由弦說完後，閉著眼睛打開了門。

他將手機的燈光朝著應該是愛理沙所在的位置照了過去。

接著立刻有什麼濕涼涼的東西貼上了由弦的身體。

「由弦同學！」

「笨、笨蛋！不要全身濕答答地抱住我啦！不對，就算沒有濕答答的也不要抱住我啦！」

由弦這麼說著，抓住了愛理沙。

手上傳來光滑柔嫩的肌膚觸感。

由弦硬是把她從自己身上拉開。

然後抓起她的手，把手機塞到她手裡。

「有這個的話，應該就可以了吧？」

「嗯、嗯……謝謝你。」

「我閉著眼睛，妳趕快擦乾身體，穿衣服吧。」

由弦說完後走出更衣室，在門前背靠著門坐了下來。

他不時會聽到愛理沙說「由弦同學……你還在嗎？」「拜託你待在那裡別走！」等再三

確認的話，他都會一一回應，並鼓勵愛理沙。

過了一會兒之後，更衣室的門緩緩地打開了。

因為光源只有手機的光，所以看不太清楚，不過愛理沙看來上下半身都有好好穿上了運動服。

「抱、抱歉給你添麻煩了。」

「唉……碰到會怕的事情也不能怪妳啦。」

真是的。

由弦雖然很想這樣說，但他相信愛理沙本人也不是故意要給他添麻煩的，所以出言安慰了愛理沙。

然後就在這時候，電來了。

家裡又亮了起來。

他不禁嘆了口氣。

「看來從各方面而言，時機都很不巧啊。」

「是、是啊。」

在那之後因為擔心又再度停電，他們決定早早準備就寢。

說是這樣說，準備工作也只有把睡袋從櫥櫃裡拿出來，鋪好而已。

可是這時出現了一個問題。

「不是，愛理沙，要我們睡在同一間房裡，這實在是……」

「可、可是！要是又停電了，那房裡不是會變得一片漆黑嗎？」

愛理沙堅持要和由弦睡在同一間房裡。

「我說啊……妳都不會擔心嗎？雖然我已經說過很多次了，但我也是男人喔。打雷或許是真的很要命，但只是周遭變暗這種事……」

「停、停電很危險。我覺得睡在同一間房裡對我們彼此而言都比較安全。」

愛理沙臉色蒼白地這麼說著。

被她這樣拚命地拜託，由弦也沒辦法逼迫她。

……不對，實際上是愛理沙在逼迫他。

「有什麼原因嗎？讓妳會這麼怕黑的原因。」

「這個……雖然原因就是我會怕。不過，以前……」

她小時候只要沒做好什麼事，就會被養母關進櫥櫃裡。這樣的事情發生過很多次。這成了她的心理陰影，所以她到現在還是很怕黑跟狹窄的地方。

愛理沙是這麼說的。

「那個，我真的對給由弦同學添麻煩這件事感到非常抱歉，可是……」

「……唉，如果是這樣，那也沒辦法吧。」

由弦安慰愛理沙，叫她別在意。

幸好他們一個人睡床，另一個人睡睡袋，所以有高低差。

兩個人靠在一起睡是不太妙，不過這樣應該還在可以接受的範圍內吧……由弦自己擅自接受了這個說法。

「是說妳要睡床還是睡袋？我是睡哪邊都可以啦……」

「我的臉皮可沒有厚到會在這個時候說要睡床。」

愛理沙給了如同他預期中的回答。

到了就寢時間。

由弦照著愛理沙的期望，點了夜燈。

（……夜燈意外地還滿亮的呢。）

因為他平常沒在點夜燈，所以沒注意過這件事……不過夜燈實際上還滿亮的。

今天或許會有點難入睡吧。由弦在心裡嘆了一口氣。

不過明天是週日，沒什麼問題就是了。

「如果會停電，希望是在我睡著的時候。」

另一邊的愛理沙則是有些不安地抬頭看著夜燈。

房裡現在的亮度對於平常就會開著夜燈睡覺的她而言似乎還不錯。

「唉……要是妳醒著的時候真的那麼運氣不好，又停電了，妳就叫醒我吧。我除了去廁所之外，都會待在這裡的。」

「真的很抱歉給你添麻煩了。」

「別在意……那麼，晚安。」

由弦對愛理沙道晚安後，閉上了眼。

愛理沙也回了他一句「晚安」。

然後在體感時間大概過了十分鐘之後。

「……那個，由弦同學。」

「嗯？怎麼了？」

「啊……我吵醒你了嗎？」

「不，我本來就還沒睡著……怎麼了？」

她是想去廁所嗎？

由弦疑惑地想著。

從上次他們一起去看恐怖片後已經過了好幾天，由弦是希望這種程度的事她能自己想點辦法。

「不是，那個……我心跳得有點快，睡不著。」

由弦的心臟噗通地跳了一下。

愛理沙說這話想必沒有什麼其他的含意吧。

像畢業旅行的晚上那樣，因為一種莫名的興奮感而睡不著……大概就是那種感覺吧。

雖然這麼說，可是留宿在男生家裡的女生說「心跳得有點快，睡不著」這種話，實在很可愛，同時也很誘人，而且讓人覺得話中別有深意。

簡直害他差點就要會錯意了。

「由弦同學你呢？」

「嗯……我是也有點緊張啦。」

當然，他的狀況和愛理沙的「心跳得有點快」有些許的不同。

不過他也不是完全沒有愛理沙那種處在這個特殊的情況下，有些興奮的感覺。

就這樣硬是逼自己趕快入睡，也有點無趣。

「要不要來玩個文字接龍？」

「這點子不錯耶……那就從『ㄆ』開始吧，蘋果。」

「果決。」

「決斷！」

「斷絕。」

「絕…絕對！」

「『對』啊……對決。」

「等、等一下！一直用『決』結尾，太狡猾了啦！」

「文字接龍就是這種遊戲啊。」

「唔唔……」

開始玩文字接龍之後大概過了十分鐘。

「『決』、『決』、『決』……」

想不到「決」可以接什麼的愛理沙一直低聲唸著……

然而她在半途中就沒了聲音。

在那之後傳來了可愛的熟睡呼吸聲。

由弦裝作要翻身的樣子……

偷偷觀察愛理沙的臉。

那是張毫無防備，柔弱可愛的睡臉。

簡直讓人忍不住想衝上去偷襲她。

「真是的……」

由弦嘆了一口氣。

然後心中忽然冒出了疑問。

（……這麼說來，愛理沙現在有穿內衣褲嗎？）

那一晚，由弦度過了一段非常苦悶的時光。

※

那是愛理沙在由弦住的地方過夜後隔天的事情。

「啊……真是的，我這個笨蛋……」

愛理沙一個人躺在自己房裡的床上，煩悶地扭動著身體。

理由當然是她在由弦面前犯下的種種失敗。

「應、應該沒有……被他看見吧？」

她覺得自己做出了不少失敗的行為，不過對愛理沙來說，最大的失敗還是洗澡途中停電……她在那時候跟由弦求救，以及她全裸抱住由弦的事。

那個時候她害怕得不知所措，完全沒空去管那些事。可是……

「畢、畢竟那時候很暗……可是由弦同學手上拿著手機……」

自己的裸體到底有沒有被由弦看到？

事到如今她才擔心起這個問題。

穿泳裝的樣子被他看見是沒什麼問題。

可是全裸不行。甚至不用去想為什麼不行，就是不行。

「……不過由弦同學好像表現得不太在意？」

他果然沒看見嗎？

不，由弦很紳士。就算他看見了，說不定也不會表現在態度上。不然就是……

「他對我沒興趣……」

愛理沙用有些消沉的聲音喃喃自語道。

她犯下的失敗之一，是在由弦的房裡和他一起睡了一晚。

說得明白一點，就是這樣做實在太沒戒心了。

而且愛理沙那時候身上沒穿內衣褲。

就算他真的做了什麼不該做的事也不奇怪。

可是……什麼事都沒發生。

「他果然對我沒興趣吧……」

不用說，愛理沙完全沒有打算要誘惑由弦。

儘管事後回想起來，那確實是缺乏警戒心又危險的行動，可是那時候比起由弦，她更怕打雷跟黑暗。

一方面也是因為她很信任由弦。

「唉……」

愛理沙下意識地嘆了一口氣。

然後用手遮住了臉。

自己的臉變得好燙。

「……由弦同學。」

愛理沙喃喃說出自己的「婚約對象」的名字。

她已經無法再裝傻了。

愛理沙喜歡由弦，愛上了他。

雖然要談婚約還是結婚實在太早了，她根本無法想像……不過她覺得跟由弦交往的話，應該會很開心，是很棒的一件事吧。

……然而光靠愛理沙的單相思是無法實現這些想像的。

「雖然我也不是……對自己沒有自信……」

她是不太會對外宣揚這件事，不過愛理沙知道自己的長相還不錯。

她也知道自己有著男性會喜歡，性感且富有魅力的身體。雖然她不是很想去思考這方面的事。

她也曾因為這樣，經歷過很多討厭的的事情。

正因如此……她認為自己喜歡的由弦，一定也會覺得她的外表很有魅力。

「……說的也是。外表應該沒問題。只是因為由弦同學很紳士，所以才沒對我硬來……實際上不是對我沒有任何感覺。」

這點肯定沒錯。

實際上，由弦的視線就曾經看向愛理沙的胸部。
他確實對愛理沙的「外表」很有興趣，問題是……
「……是個性嗎……」
愛理沙輕輕嘆了口氣。
說實話，愛理沙完全不覺得自己的個性有哪裡好。
不如說她認為自己的個性很差勁。
她在學校雖然裝得還不錯，可是在由弦面前稍微暴露出了本性。
高瀨川由弦是個很懂得察言觀色的人。
他一定已經看穿愛理沙的個性其實不怎麼好的事了。至少愛理沙本人沒有自信能夠瞞過他。
「他果然是因為我的個性很麻煩……所以才無視於我吧……」
由弦絕對不是個遲鈍的人，不如說他在感情方面非常敏銳。
所以由弦多半已經發現愛理沙喜歡上他的事情了。應該說就算他察覺了也不奇怪。
然而他卻什麼都沒做。
那一定是因為他覺得要和愛理沙交往太麻煩了吧。
所以他才會刻意忽視愛理沙。
一定是這樣……

「……這真不是個好習慣呢。」

愛理沙用力搖搖頭。

她一不小心就往負面的方向思考了。

「……由弦同學是個正直的人，就算覺得麻煩，他也不會忽視我……應該吧。」

如果由弦真的覺得愛理沙很麻煩，應該會斬釘截鐵對她說「我對妳沒有那種感覺」。

既然他沒有那麼說，那一定是表示他對愛理沙還滿有好感的。

……就算不到會明確地說出「喜歡」她的程度。

「我是不是應該再多加把勁推銷一下自己啊……可是做得太過火也很不好意思，要是他覺得我很不知羞恥……」

怎麼辦？怎麼辦？

愛理沙紅著臉，在床上滾來滾去。

第四章　「婚約對象」的心意

在秋意漸深的十月中旬。

這天是由弦的生日。

「所以說，由弦同學……那個，這是烤好的蛋糕。」

進門後，愛理沙將手中提著的兩個紙袋中的其中一個遞給了由弦。

因為聞到了一些甜甜的香味，他大概有猜到是蛋糕，不過……

「烤好的？」

「對。」

「誰烤的？」

「我。」

這讓由弦驚訝地睜大了眼睛。

他過去的人生中，從來沒有吃過人家親手做的蛋糕。

在由弦家，蛋糕就是去外面買回來的東西。

「總覺得不太好意思。」

「不會，畢竟我平常就受了由弦同學不少照顧……不久之前也是。」

「啊，喔……」

不久之前。

愛理沙在由弦家裡「留宿」了。

不過因為隔天早上愛理沙就做了早餐來答謝他，所以從由弦的角度來看，愛理沙早就已經回報過他了。

「嗯，總之難得妳都準備了，我可以馬上打開來吃嗎？」

「可以。」

得到了愛理沙的同意，由弦打開了紙袋。

裡面放了保冷劑和紙盒。

他拿出紙盒後打開。

「喔喔……正統的蛋糕耶。」

裝在裡面的是一整模的圓形巧克力蛋糕。

尺寸以兩個人吃來說有點多。

不過吃不完的份明天再吃就好了。

由弦從廚房拿刀過來，將蛋糕分切成小塊。

準備好咖啡後，雙手合十。

「那我開動了。」

他用叉子切下一小塊蛋糕，送入口中。

濃厚香醇的巧克力味在口中擴散開來。

「味道怎麼樣？」

「很好吃喔，跟咖啡很搭。」

由弦誇讚之後，愛理沙稍微別開了視線。

她的臉頰微微泛紅。

「這樣啊……謝謝你。雖然我想跟市面上販售的那些專家製作的蛋糕相比，味道應該還是差了點。」

「是嗎？我是覺得毫不遜色啊。」

「那大概是因為我是配合由弦同學的喜好來做的吧。考慮到要搭配咖啡吃，我想由弦同學應該會喜歡這種口味吧。你喜歡真是太好了。」

專家所製作的蛋糕是要當成商品販售的，所以會盡量去配合大眾的口味。

相對的，愛理沙只要由弦覺得好吃就好了，只需要配合由弦的口味。

所以愛理沙製作的技巧或許不如專家，由弦吃起來卻覺得不輸給市售的蛋糕。

……其中有著這樣的玄機。

「那也很厲害啊，妳準備得真是無微不至耶……是說真虧妳這麼清楚我的喜好。」

雖然他活了整整十六年……

可是喜歡的口味這種事，他自己也沒有清楚到能夠確實地用言語來說明的程度。

「畢竟我們已經一起相處超過半年了啊。」

愛理沙微笑著這麼說。

由弦忍不住搔了搔臉頰。

記住他的喜好，還配合他的喜好做蛋糕給他吃。

這是讓他很高興沒錯……

可是這也差點就讓他會錯意了。

（不行啊……這樣可不好。）

他不能喜歡上愛理沙。

由弦是這麼想的。

如果要繼續維持「婚約」關係，這是他必須守住，不能跨越的界線。

「妳也吃一點吧？」

「好啊。」

為了忽視自己複雜的心情，由弦提議要愛理沙也一起吃。

愛理沙也拿起了叉子，將蛋糕送入口中。

「妳覺得自己做的蛋糕味道怎麼樣？」

「八十分吧。」

「不是滿分啊？妳的標準真高耶。」

「我當然是用了全力來做。不過……覺得還有一些改良的空間。」

現在這樣就已經很好吃了。

不過愛理沙似乎還想讓味道更上一層樓，

「妳別努力過頭了喔？我覺得妳稍微放鬆一點比較好。」

當然像由弦那麼隨便也是個問題。

不過他覺得愛理沙在各方面都太拚命了。

「說是努力……感覺好像不太對。」

「哪裡不對？」

「我覺得為了由弦同學下廚很開心。我也很高興能因此讓你感到開心。所以……我不覺得自己有很努力。」

「唉，既然妳都這麼說了。」

如果她本人樂在其中，覺得做這些事情能讓她喘口氣，那由弦也沒有理由好制止她。

當然這要是變成理所當然，或是演變成半強制性地要她去做這些事情的狀況，那就不好了。

所以他打算從平常開始就一直提醒愛理沙「妳可以不用勉強自己」。

「對了，由弦同學……我準備了生日禮物要給你。」
愛理沙說完後，從另一個紙袋拿出了包裝得相當精美的盒子。
盒子上面裝飾著可愛的緞帶。
「那個，雖然不是什麼貴重的東西，還請你收下。」
「謝謝……不僅蛋糕，還讓妳準備了禮物，真是不好意思。我可以打開嗎？」
「可以。」
由弦細心地取下緞帶，打開包裝，打開了紙盒。
從盒子裡出現的是……
「手環？」
那是一條用皮繩編織而成，感覺很時尚的手環。
一看就知道是費了一番心思製作的東西。
「對……那個，我本來是想買個什麼當禮物的，可是想不到該買什麼才好。去請亞夜香同學給我建議後，她跟我說親手做的東西最好。那個，雖然我可能做得不太好……你覺得怎麼樣？」
由弦沒有立刻回答愛理沙的問題，把手環戴到了戴著手錶的左手腕上。
他對手錶還滿講究的，有自信自己戴的是不錯的手錶……不過這手環的造型看起來跟他的手錶很搭。

感覺滿帥氣的，也很符合由弦的喜好。

「謝謝妳。我很中意。我之後會戴在身上的。」

由弦回答後，愛理沙鬆了一口氣。

不過儘管如此……她似乎還是有點擔心。

「嗯……你中意那真是太好了。不過，那個，因為不是做得多好的東西，你不想要的話，也不用勉強自己戴著……」

見愛理沙不安地這麼說，由弦將手伸向她的頭。

然後溫柔地摸了摸她亞麻色的頭髮。

她美麗的翡翠色雙眼泛著些許水光。

「這世上沒有男生收到你親手做的東西會不高興的。我是個幸福的人……我真的很高興喔。」

「……嗯，謝謝你。」

愛理沙感覺很舒服地瞇細了眼。

是說這個週六雖然正好是由弦的生日……

但其實也是距離下次的全國模擬考只剩下四天的日子。

所以他們開心過生日的興致也不是那麼高。

由弦和愛理沙拿出了讀書用的文具，開始複習功課。

國文的現代文學之類的項目事到如今才想補強也沒用了，總之他決定針對古典文學做加強，還有確認英文的文法和單字、做數學的練習題。

「由弦同學這次很努力耶。」

「因為我這次認真地想要以勝過小亞夜香為目標。身為『高瀨川』家的人，一直輸給『橘』家也很讓人不爽啊。」

當然，受到愛理沙的幹勁和念書的態度影響也是原因之一就是了。

「既然由弦同學要以勝過亞夜香同學為目標……我就以勝過由弦同學為目標吧。」

「那就會由妳拿下第一，我拿第二了。我們彼此都好好加油吧。」

就在由弦和愛理沙拿出了幹勁時……

像是要妨礙他們念書似的，由弦的手機響了。

「說人人到，是小亞夜香傳來的。」

亞夜香傳來的訊息。

內容寫著「明天來約會吧」。

「說要約會……是怎樣啊。是讀書會嗎？」

如此猜測的由弦傳了「開讀書會？」的訊息回去。

接著亞夜香便傳來了表示肯定的貼圖來。

『預定會有我、宗一郎還有小千春。』
『宗一郎會約良善寺同學，小千春會去約瓜梨同學。』
『由弦弦你也跟小愛理沙一起來吧？』
由弦把兩人傳訊息的畫面拿給愛理沙看。
接著開口問道。
「怎麼辦？還有我先告訴妳……去了的話大概沒辦法好好念書喔。畢竟他們一心想玩，讀書會只是個名目。」
當然名義上是讀書會，他們還是會念點書吧。
亞夜香是只要稍微念一下就都能搞定的那種人。而別看宗一郎那樣，他是個很會抓重點的人，至少會做好最低限度的考前準備。
……千春則是會放縱的大玩特玩的類型就是了。
說是這樣說，還是比一個人念書更能念進去吧。
「讀書會嗎……我想去看看。」
「不要緊嗎？」
「嗯……而且我想三天前念一點書這種程度的事情，應該不會對考試結果造成多大的影響。」
「唉，妳這麼說也是沒錯啦。」

由弦和愛理沙都只是高中一年級的學生。
沒必要那麼執著於模擬考的成績。
比起「紙」，人際關係比較重要。
「那我就回說我們會去參加。」
「拜託你了。」
由弦對亞夜香傳了『我會和愛理沙一起去』的訊息。
而她在那之後立刻回傳了『你回答得還真快耶，小愛理沙在你旁邊嗎？』令由弦驚嘆於亞夜香的敏銳。

※

週日早上。
由弦和愛理沙約在距離讀書會會場的亞夜香家最近的車站碰面。
「讓你等很久了嗎？」
「不，我也才剛到。那我們走吧。」
愛理沙不知道亞夜香家在哪裡。
所以講好了讓由弦來帶路。

「唉，雖然那裡很醒目，妳一看就知道了。」
「……亞夜香同學的家果然也很大嗎？」
「是滿大的啦。」
就在兩人閒聊之際，來到了亞夜香家——橘家宅邸。
愛理沙驚訝地睜大了雙眼。
「這還真是驚人，很時尚呢。」
「是明治時代建造的仿西式建築。算是文化遺產喔。」
亞夜香家和由弦家完全不同。
是用美麗的紅磚建成的西式建築。
不過……正確來說是「仿西式建築」，簡單來說就是「假的」歐洲風。
以西式風格為基礎，納入了日式、中式的設計和巧思。
「這麼說來，由弦同學家也很有年代了吧？」
「嗯……畢竟改建過很多次，也有一再重新裝潢……不過基礎的建築物建造時期應該和這棟宅邸差不多吧。」
真要仔細查證的話，可能還是有一點年代落差就是了。
兩人也不好一直站在門口說話，於是由弦按下了對講機。
「您好，我是受邀前來的高瀨川由弦。」

『暗號呢？』
「沒有那種東西。」
『好吧。』
過了一會兒之後，大門開了。
亞夜香笑嘻嘻地站在那裡。
「歡迎你們來，進去吧。」
兩人順著她的邀請穿過大門，走進宅院裡。
接著走過石板路，踏進屋子的玄關。
「打擾了。」
「不好意思。」
進了玄關後，只見一位正值壯年的男性正站在那裡迎接由弦和愛理沙。
由弦稍微點頭行了個禮。
愛理沙也跟著行禮。
「今天要請你多關照了，橘叔叔。」
「今日受邀前來，感謝招待。我是雪城愛理沙。」
由弦和愛理沙打過招呼後，壯年男性用有些冷漠的表情以及冷淡的語氣答覆。
「我姪女平日受你照顧了……由弦。另外初次見面，妳好，雪城小姐。我有多少聽過一些妳的父親……天城先生的事。」

在那之後男性——也就是亞夜香的叔父，只簡短地說了句「你們慢慢玩」，就逕自走進宅邸裡頭去了。

愛理沙有些不安地問亞夜香和由弦。

「……我說了什麼不得體的話嗎？」

為了讓愛理沙安心，由弦回答她。

「那個人平常就是那樣吧。」

亞夜香的叔父。

橘家現任當家（雖然他自稱是「代理」當家）橘虎之助是個非常寡言的人，看起來總是一副不高興的樣子。

不過他實際上只是不擅長跟人來往而已。

「別看他那樣，他今天心情很好喔。叔父他啊，是冷酷型的傲嬌啦。」

亞夜香咯咯笑著。

儘管他們是叔父和姪女的關係，但這兩人的個性實在是天差地遠。

「是這樣啊……啊！那個，這是伴手禮……我剛剛忘記拿出來了。」

愛理沙這麼說完後，把紙袋交給了亞夜香。

那是養父要她當伴手禮帶來的點心。

「哎呀，謝謝妳。不用這麼費心也沒關係的。嗯，等下就打開來吃吧。」

亞夜香從愛理沙手中接過了紙袋。

然後輕輕招手。

「你們進來吧。」

「嗯。」

「打擾了。」

由弦和愛理沙脫了鞋子，換上拖鞋，走在長長的走廊上。

這棟宅邸雖然外觀也是紅色的……不過由於走廊上也鋪著紅色的地毯，裡頭在各方面來說也很紅。

「這裡還是老樣子，感覺會有吸血鬼住在這裡呢。」

「感覺很帥，很棒吧？」

對由弦來說，這裡是他來過好幾次的地方了，所以沒什麼稀奇的。

可是對愛理沙而言，似乎有很多令她感興趣的地方。

她一邊走一邊轉四處張望。

「由弦弦、愛理沙同學兩位到嘍～！」

亞夜香說著這句話，並打開了房間的門。

美麗的大理石桌，以及圍著桌子的皮沙發。

有四個人坐在那裡。
是佐竹宗一郎、上西千春、良善寺聖、凪梨天香。
看來由弦他們是最晚到的。
「你們遲到了。」
「該玩個什麼懲罰遊戲吧？」
「等你們很久嘍，由弦、雪城同學。」
「好久不見了，高瀨川同學、雪城同學。」
現場成員還真是有特色到了會給人帶來壓力的程度啊。
由弦獨自在心裡這麼想著。

「我覺得啊。在模擬考前念書很奇怪耶。」
開始念書後過了一個半小時。
亞夜香突然說起了這種話。
「喂，亞夜香，今天這場聚會的主辦人是誰啊？」
宗一郎用有些傻眼的語氣問亞夜香。
亞夜香疑惑地歪著頭。
「是我啊？」

「這場聚會是什麼聚會來著？」

「是讀書會啊。」

「不要否定自己主辦的聚會的舉辦理由好嗎？」

宗一郎給了她一個非常有道理的吐槽。

亞夜香對此則是舉起手，說了句「哎呀哎呀，你聽我說嘛」來制止他。

「模擬考啊，不是用來測量自己的水平在哪裡的嗎？所以啊，重要的是平日的努力。我覺得考前才臨時抱佛腳，就算多拿了幾分，也沒有任何意義啊。」

「這種話是平常就有好好在念書的人說的，不是像妳這種平常什麼都沒做……甚至會在上課時睡覺的人該說的話。」

聽由弦這樣說，亞夜香抿嘴一笑。

「可是我上次的校外模擬考拿了全校第一啊。」

「……唉，關於這點我是沒有什麼可以反駁妳的啦。」

實際上，由弦也不是平常就有認真念書的人，他只有努力讓自己聽得懂上課的內容而已，沒什麼資格說別人。

「不愧是亞夜香同學！妳說的沒錯。事到如今才做垂死掙扎也沒用了！乾脆別念了吧！」

「千春，妳好好念書……妳被父母唸了吧。」

宗一郎硬是抓住贊同亞夜香的說法而站了起來的千春肩膀，逼她坐下。
可能是專注力用盡了吧，至今為止沒什麼說話，很認真在念書的愛理沙放下了筆。然後提出了疑問。
「可是這次的模擬考比上次的模擬考更重要吧？名稱也是『高難度模擬考』。」
「會出一些比上次的模擬考更難的題目……事前宣傳的說法是這樣。」
由弦也同意愛理沙的話。
重新在千春旁邊坐好的宗一郎也接著說下去。
「好像也很難提升全國排名。我聽說因為參加考試的人水平也提高了，很難拉開差距。」
在喝紅茶的天香挑了挑眉。
「我是覺得那要看實際上出了怎樣的考題就是了。要是出題的人沒抓好分寸，盡是出些沒人解得開的困難題目，有些人的排名反而會上升吧？」
就在這時候，有個人重重地嘆了一口氣。
是聖嘆的氣。
「你們幾個，一直在說排名、排名的……是只注重排名的人嗎？真虧你們在這種時候還能聊這麼無聊的話題耶。」
「只有聖你覺得無聊吧。我倒是很開心喔？因為我上次模擬考的排名還不錯。你還真辛苦呢，我好同情你喔。」

「我說啊～天香同學，因為妳那些話也會戳中我，可以請妳別這樣嗎～」

天香故意出言挑釁聖，千春卻無端受到流彈波及。

而聖則回嗆了天香。

「吵死了。顧慮一下別人好嗎？顧慮。這世上也是有討厭排名這個詞，還有根本和這個詞無關的人存在的。」

千春也跟著開口贊同聖的發言。

「對啊。你們知道學校明明這麼無聊，校園戀愛故事卻很有趣的原因嗎？就是因為上課的場景都被剪掉了啊。」

可是很遺憾的，千春和聖並非和排名這個詞無關的人。

不如說以上次的成績來看，他們是必須好好在意排名的人。

「哎呀，這次的聚會是『讀書會』啊。特別是你們兩個，要是不認真念書就糟了吧？」

由弦這麼說完後，兩人都重重地嘆了一口氣。

然後一臉不滿地瞪著由弦。

「只會說些合理的話，會被人討厭的喔。」

「不要用邏輯來欺負人啦。」

這時，愛理沙用可愛的動作拉了拉由弦的衣服。

然後用她誘人的嘴唇湊近由弦耳邊。

「……既然覺得這是合理的，為什麼不念書啊？」

「因為比起合理更覺得麻煩吧……就跟我以前不打掃的理由一樣啦。」

由弦自己也是覺得「不打掃不行……」可是在給愛理沙添麻煩之前，他都沒有要認真處理這件事。

簡單來說就是有沒有危機意識跟契機的問題。

「哎呀，等他們落榜之後就會認真起來了啦。」

「……等到落榜後不會太遲了嗎？」

「可是我們高中好像有一半以上的人都會重考喔？」

「咦……是這樣嗎？」

「因為就算擺明了考不上，老師也不會阻止學生去考的樣子。」

「哦……」

「哎呀，照現在這樣看來聖和千春就是要走那條路了。我們就以他們當反面教材……」

「我都聽到了喔。」「我都聽見嘍。」

千春和聖今天實際上是初次見面……

但他們的交情好像在不知不覺間就變好了。

由弦聳聳肩。

「雖然話題好像偏往別的方向去了，但簡單來說，我想說的是我想玩遊戲！難得都聚集這麼多人在這裡了！」

「那妳就在模擬考後再找大家來啊……」

由弦吐槽後，亞夜香紅著臉，開始扭捏了起來。

「咦～因為小天香跟我，完全沒有交集嘛？我想說就算我忽然說想要一起玩，她大概也不會來吧。妳說對吧？小天香。」

亞夜香說著這些話，並把自己的頭靠到天香肩膀上。

「啊，嗯……是啊。」

亞夜香這樣硬是纏上來，讓天香露出了困惑的表情。

面對亞夜香，就連冷酷的她也很容易被耍得團團轉。

由弦一邊喝著紅茶，一邊思考在場的成員組合。

在這些人之中，有雖然算是間接性的認識，但彼此之間平常沒有交集的人。

也有雖然碰過面，可是對彼此沒那麼熟悉的人。

對由弦來說沒什麼交集的對象是天香。

對愛理沙來說則是聖、天香、宗一郎。

對宗一郎來說是天香和愛理沙。

對亞夜香來說是聖和天香。

對千春來說是聖。

對聖來說是亞夜香、千春、愛理沙。

對天香來說是由弦、愛理沙、宗一郎、亞夜香。

大概是這樣。

所以為了加深彼此的情誼，一起玩遊戲是個不錯的選擇。

……雖然要說這是現在該做的事情嗎，那情況又不太一樣就是了。

「先不管要不要玩這件事，也差不多到中午了呢。我們先休息一下如何？」

如此提議的人是愛理沙。

因為大家都失去專注力了，所以趁這個時機進入中午休息時間也不錯。

「這主意不錯耶！那我們點個什麼外送吧。」

由於亞夜香也贊成，他們便決定先午休一下了。

問題是要點什麼外送比較好，不過最後的結論是要多人一起分食，還是披薩最適合了。

點餐後過了數十分鐘，披薩送來了。不過……

「……愛理沙，妳該不會是第一次吃吧？」

由弦開口問面對裝了披薩的紙盒，顯得有些興奮的愛理沙。

他這一問，愛理沙稍微睜大了眼。

「……我表現在臉上了嗎？」

「不，這個……」

與其說在臉上，不如說她展現出了那種感覺。

由於已經相處半年了，由弦現在可以從愛理沙些微的身體動作或表情、語氣變化等等來看出她細微的情緒變化。

「因為我們家不太會點外送……我當然有吃過披薩。只是像這種外送到府的披薩還是第一次。」

天城家似乎是不太喜歡這種垃圾食物的家庭。

如果家人不吃，就沒什麼機會吃這種東西了。

「那今天就是披薩紀念日了。」

「啊哈哈，是啊。」

聽了由弦的話，愛理沙輕笑出聲。

那是非常可愛，而且相當自然的笑容。

她最近和以前相比，表情也變得豐富多了……相對的，由弦對她感到心動的次數也變多了，正有些困擾。

「披薩如何？愛理沙。」

由弦詢問嘴裡正嚼著第一次吃到的（外送）披薩的愛理沙。

因為她乍看之下仍維持著平常冷酷又平靜的態度，所以很難看出她的情緒。

「嗯……很好吃。」

她的聲音聽起來有些陶醉。

平常總是帶著陰影，感覺不到活力的翡翠色眼睛現在也亮了起來。

這時候的愛理沙有點……不，是非常可愛。

「……愛理沙同學好可愛喔。」

「什麼？」

突然被千春這麼一說，愛理沙一臉疑惑。

正好坐在愛理沙面前的千春露出有些危險的笑意，盯著愛理沙看。

「平常明明給人冷酷的感覺，卻會忽然讓人看見可愛的一面，受不了呢。」

「是……是這樣嗎？這個……謝謝誇獎。」

可能是不知道該回答什麼才好吧。

愛理沙向千春道了謝。

接著亞夜香便插嘴說道。

「說起冷酷型的女孩子啊，小天香也很可愛耶！」

「什麼？」

天香正以事不關己的態度吃著披薩時，突然聽到自己的名字，讓她疑惑地問了句。

坐在天香身旁的亞夜香湊近她。

「小天香雖然態度比較凶一點，但偶爾會表現出可愛的一面呢。而且很容易害羞。啊，臉紅了呢。真可愛！」
「不、不是……等一下，橘同學，拜託妳別這樣。」
「就跟妳說叫我亞夜香就好了嘛。對吧～小天香。」
面對積極地湊了過來的亞夜香，天香害羞地紅著臉，想要拉開兩人之間的距離。
不過她的態度更是激起了亞夜香想欺負人的心理。
亞夜香本想再繼續湊近過去……
「妳還不住手。」
「好痛，很痛耶！宗一郎！」
宗一郎揪著她的脖子，把亞夜香拉了開來。
然後宗一郎又稍微瞪了一眼打算湊近愛理沙的千春。
千春嚇了一跳，露出有些尷尬的表情，乖乖地重新坐回沙發上。
「話說回來，吃完之後要玩什麼？」
然後亞夜香像是要轉移話題似的說了這句話。
完全以要玩遊戲為前提。
說是這樣說，由弦現在也沒那個心思念書。
考慮到吃飽之後會想睡這點，他也想玩一下，順便轉換心情。

「要不要玩國王遊戲？」

宗一郎提議。

以可以加深彼此之間的感情，又能確實地利用人數多這個優勢來思考，這是最適合的遊戲了。

「國王遊戲啊……嗯，不錯。」

「國王遊戲！好耶！」

亞夜香和千春都贊同宗一郎的意見……然後不知為何看了看愛理沙和天香。

被注視的兩人疑惑地歪著頭。

「我話先說在前頭……妳們可別忘了自己也有可能會被其他人命令喔。」

由弦先發制人，警告亞夜香和千春別下什麼亂來的命令。

旁邊的聖則是開心地笑了。

「也無所謂啊。國王遊戲就是包含了報復的可能性嘛。」

看來基本上所有人都有意願參加。

亞夜香立刻準備了在場人數份的籤。

然後……

「「「誰是國王？」」」

考驗人的良知與順應現場氣氛的能力，誠實反映人性的遊戲開始了。

※

於是眾人開始玩起國王遊戲。

國王下的命令有要千春將宗一郎壓制在地、要亞夜香做深蹲、要天香用全力跑橘家外圍一圈。

還有到遊戲結束前，宗一郎都要模仿女孩子的語氣說話，聖則是講話時要加上意義不明的語尾助詞。

然後第六輪的國王是……

「是我。」

是千春。

千春稍微思考了一下之後……壞心眼地笑了。

「對了，就這樣吧。請被點到的人說出自己喜歡怎樣的異性。當然要直接說出喜歡的人的名字也可以喔？我要點的是……七號！」

而抽到了七號籤的人……

是由弦。

由弦不禁搔了搔自己的腦袋。

「怎樣的異性？」
「沒錯。你當然有喜歡的類型吧？」
千春賊笑著追問由弦。
由弦下意識地……往愛理沙那邊看了一眼。
愛理沙也正好看著由弦。
兩人的視線交會。
由弦感覺到自己的臉頰熱了起來。
他反射性地別開了視線。
「好了，快點……」
「……這個嘛。」
由弦稍微想了一下，開口回答。
「應該是可以包容我的一切，可是如果我有哪裡不好，也會指出我錯誤的人吧？」
「哦……是說那該不會是……」
「我已經回答了，可以了吧！趕快抽下一輪，下一輪！」
由弦大聲打斷千春的話。
並且硬是讓國王遊戲繼續進行下去。
在那之後的下一輪，當上國王的是……

「終於輪到我了。」
是亞夜香。
亞夜香女王大人將雙手盤在胸前，開始點頭煩惱起來。
「其實我本來是想下說出喜歡的人是誰這種命令的……結果被小千春搶先一步了呢。」
看來千春先用掉了她溫存的命令。
亞夜香煩惱了一陣子……最後拍了一下手。
「對了，這樣好了。說出自己心中被人告白時的理想情境，或是希望喜歡的人能對自己說的話！嗯……那就三號！」

「……是我呢。」
熟悉的可愛聲音讓由弦的心跳忍不住快了起來。
由弦感覺到自己非常緊張。
「被、被人告白時的……理、理想情境……嗎？」
「嗯嗯，求婚時的也可以喔？」
愛理沙朝由弦這裡瞄了一眼。
她的臉……紅得像番茄。
「雖然我沒有什麼真實感，所以很難具體地回答……」

2
3

愛理沙扭扭捏捏的，感覺很不好意思。
這個動作可愛得不得了。
由弦仔細傾聽著愛理沙的聲音。
「我喜歡那種羅曼蒂克的感覺……覺得在特別的日子、特別的地點，加上特別的禮物一起告白的感覺很不錯……」
愛理沙說到這裡之後，一副太害羞了說不下去的樣子，用雙手遮住了臉。
就算是亞夜香，看到愛理沙這個樣子也沒辦法再勉強她。
「人家是這樣說的喔，由弦弦。」
她突然轉移了目標。
這句話當然不只由弦，愛理沙也聽到了。
兩個人的臉都紅了。
「不要這樣開我們玩笑啦，小亞夜香。」
「對、對啊……我們之間不是那樣……」
由弦和愛理沙說完後，亞夜香壞心眼地笑著……
「嗯？你們在說什麼啊？我聽不懂耶～」
對他們裝傻。
自掘墳墓的由弦和愛理沙尷尬得想找個地洞鑽下去。

※

「結果沒念到什麼書呢。」

回程途中。

由弦苦笑著對愛理沙這麼說。

當然她應該一開始就知道和他們一起念書，八成不會有什麼進展了。

「……總覺得很抱歉。」

由弦念書的進度不佳是無所謂，但是害愛理沙也一起沒念好書，就讓他心裡有些過意不去了。

由弦有種自己帶壞了愛理沙的感覺。

另一邊的愛理沙則是苦笑著說道。

「啊哈哈……嗯，因為念書的進度有些不如預期，所以回去之後還得繼續念書才行。不過……」

然後她瞇細了眼。

「不過我玩得很開心。」

愛理沙的雙手在身後十指交扣，用感覺有些雀躍的腳步走著。

「我很久沒像那樣和很多人一起開心地玩遊戲了，不，說不定這是第一次吧。」

「以前都沒機會嗎？」

由弦也不是那麼長袖善舞的人。

不過他還是有宗一郎和聖這樣的朋友。

雖然愛理沙過去似乎只有「可以一邊吃午餐一邊隨意閒聊」這種程度的朋友，可是那些人沒有約她一起去玩過嗎？由弦疑惑地想著。

既然活了十六年，總該有過一、兩次機會吧。

「不，現在回想起來……應該是有機會的。以前也有人會約我。是我不好。」

愛理沙說完後嘆了一口氣。

儘管她不久前心情還很好，現在卻又再度進入了「我是壞孩子」的模式。

「過去是過去。而且……妳會那麼做也很合理啦……妳不想讓別人知道自己的狀況吧？」

交情要是好到某種程度，對方就會有機會得知她的家庭狀況。

對方說不定會因此和她保持距離。

說不定會半是好玩地放一些奇怪的消息出去。

如果事情會變成這樣，那從一開始就別跟人深入往來比較好。

這是愛理沙之所以會用那種不帶感情的態度與人來往的原因。

由弦是這麼想的，不過……

「……不太對。」

看來跟事實似乎有些不同。

「我不想要的是……有人來干涉我的狀況。」

「……不想把別人給拖下水？」

「不是那麼值得讚賞的原因。」

愛理沙無力地搖搖頭。

然後臉上浮現出自嘲的笑意。

「我不希望對方亂來，害我的處境變得更糟。就只是這樣。」

「原來如此。」

「……我很自我中心吧？」

「既然是為了保護自己，這也是當然的吧。」

要說她自我中心可能也沒錯。

然而自己為了保護自己而採取的行動，絕對不是壞事。

「可是……」

「妳沒有錯。」

由弦打斷了愛理沙的話。

愛理沙露出了有些驚訝的表情，由弦像是要說給她聽似的又說了一遍。

「妳沒有錯。我想我之前也說過了，不過唯有這點，我可以保證。」

「……那是因為由弦同學你不了解我吧。」

別說這種不負責任的話。

她這話宛如是在如此責怪由弦。

她自己也多少發現自己是在對由弦遷怒了吧。

儘管她一臉生氣地說了那種話，臉色卻又馬上變得消沉了起來。

可是就算如此，她好像還是無法停止遷怒。

「我……比由弦同學所認為的還要醜陋得多了。」

「是嗎？就算我不了解妳的全部，但我們也認識半年了。我是覺得我有多少掌握住妳的個性啦。」

由弦當然知道她的優點。

也知道她的缺點。

由弦很清楚，她不是那種純潔高尚的聖女。

「你騙人。」

「妳不說出來，就沒辦法確認我是不是在騙人啊。」

「……」

被由弦這麼一說，愛理沙沉默了一陣子。
然後小聲地說了一句。
「我很任性。」
「就這樣？」
由弦問完，愛理沙搖了搖頭。
「我個性陰沉、陰險，想法消極又負面……」
「這我知道。」
「我很傲慢、愛吃醋，還很自戀……」
「這我也都知道。」
「拜託你稍微否定一下！」
「把個性彆扭不老實這點也加進去吧。」
由弦笑著這麼說之後，愛理沙便氣呼呼地轉過身去。
她希望對方能否定自己的缺點。
可是要是對方完全不了解自己，隨便說些不負責任的話，她也會生氣。
由弦猜測愛理沙目前大概就是處於這樣的心境下吧。
有點，不，是相當難搞的個性。
「人類總會有一、兩個缺點的。這種程度根本算不上個性差。」

「可是……」

「沒什麼好可是的……光是因為有缺點，妳就是壞孩子的話，那我就是大壞蛋了。」

由弦開玩笑地聳了聳肩。

不過愛理沙嘴裡仍然說著「可是可是」。

「可是由弦同學你……也有很多優點啊。」

「妳也有很多啊。」

「……我才沒有。」

「妳認真上進、很會做菜、腦筋好又擅長運動、溫柔、很懂得體貼別人、很酷、很帥氣、很可愛、長得漂亮，還有身材也……」

「你這樣是性騷擾！」

愛理沙邊說邊摀住耳朵。

她整張臉都紅透了。

那雙微微泛著淚光的翡翠色眼睛惡狠狠地瞪著由弦。

「對不起，我說過頭了，原諒我吧。」

「……我不原諒你。」

「妳要我做什麼都行。」

「……那我有一個要求。」

愛理沙停下了腳步。

她眼裡含著淚，用小得快要聽不見的聲音，抬頭望著由弦說。

「把你的胸膛借給我。」

「好啊。」

※

「唉……今天又失敗了。」

回家後。

愛理沙在浴室裡喃喃自語。

鏡子上倒映著自己的臉……還有微微紅腫的眼睛。

他今天也很丟臉地借用了由弦的胸膛，大哭了一場。

而且還是在招出了自己所有的缺點之後。

「……」

雖然這麼說，但她也沒有後悔到覺得自己「搞砸了」的程度。

畢竟把自己個性上的缺點全都說出來之後輕鬆多了，更重要的是由弦接受了她的這些缺點。

應該說她得知了由弦是在了解她缺點的前提之下，和她相處至今的。

也就是說……由弦沒有因為她的個性而討厭她，而且今後也不會因此被由弦討厭。

她可以用比較正面的態度來看待這件事。

「……畢竟老是往壞處想也不好。」

愛理沙一個人低聲說著這些話，同時踏進了浴缸裡。

泡進熱水裡的身體慢慢地暖了起來。

「……可以包容他的一切，又會指出他錯誤的人啊。」

然後愛理沙回想起的是，她醜態畢露在由弦胸前痛哭……更之前一點。

在玩國王遊戲時……由弦所說的話。

說出你喜歡怎樣的異性……那時候國王的命令是這樣的。

「這個……我可以認為他是在說我吧？」

愛理沙用雙手捧著臉頰說道。

她的臉會紅是因為正在泡澡……看來不只是這樣吧。

「……除了我以外，沒有別人了吧？」

至少在愛理沙所知的範圍內，沒有其他人符合這段敘述。

……只要沒有忽然冒出什麼「我是由弦同學的前任未婚妻！」之類的人，那由弦肯定是在說愛理沙吧。

「因為他是在那種狀況下，在我面前說了感覺只有我符合的條件……嗯，一定是在說我。」

愛理沙接收到了由弦向她表達好感的訊息。

所以愛理沙也回應了他。

說自己喜歡羅曼蒂克的告白。

「不、不對……應該要由我告白吧……」

愛理沙把半張臉泡進了水裡。

不該光是等待，這時候應該要主動出擊。

在她思考著這些事情的時候……

忽然冒出了一個疑問。

「我和由弦同學……開始交往的話，婚約會變成怎樣呢？」

現在由弦和愛理沙的關係，表面上是訂了婚。

正確來說是暫時訂了婚……吧。

雖然不算有刻意隱瞞，不過也沒有確定到要將兩人的婚約作為高瀨川家和天城家發布的正式消息，盛大地對外公開的程度。

是這樣的狀態。

而且實際上……由弦和愛理沙並不打算結婚。

這是假的「婚約」，等時候到了，他們就會捨棄這個婚約。
「既然我們互相喜歡……也沒有什麼謊言……」
也就是說他們會變成普通的未婚夫妻。
那就表示……
「咦？結婚……？」
將來他們會結婚，成為夫妻共同生活。
一生伴隨在彼此身邊。
並且會生孩子。
「呃，這……嗯，如果對象是由弦同學，我是不排斥就是了……」
可是高中生談結婚還太早了點。
事情會變得有點「沉重」呢……愛理沙這麼想，然後注意到了。
「啊，是這樣啊……」
由弦不把心意告訴她的原因。
她完全明白了。
「是因為要成為情侶還好說，可是扯到結婚，就會變成一件沉重的事了……」
就連愛理沙都這麼想了。
由弦當然也會有這種想法……會對此感到猶豫也是很自然的事吧。

「唉……該怎麼辦啊？」
愛理沙獨自重重地嘆了一口氣。

※

第一次見到她是在……小學五年級的時候。
父親突然說他們多了一個新的家人。
新來的妹妹……是個非常可愛的女孩。
清澈透亮的美麗秀髮，如同寶石般閃亮的雙眼。
他一眼就喜歡上了比自己小了三歲的她。
那女孩是他母親妹妹的女兒。
所以對他來說算是表妹。
他雖然有聽說過自己有個表妹，不過他這時才第一次見到表妹。
她的父母似乎因為意外身亡了。
所以她才會被這個家收養……背後有著這樣的緣由。
真可憐。他很同情她。
他下定決心，要作為哥哥，溫柔地對待她。

剛來到家裡時的她……以年紀來說，是個有些任性的女孩。
都已經小學二年級了，還是個會把想到的事情立刻說出來的老實孩子。
看來她的父母，也就是姨丈姨母過去還滿寵她的。
可是……她絕對不是什麼壞孩子。
她有好好守住最基本的禮節。
而且她也有擅長照顧人、溫柔的一面。她很常照顧妹妹（對她來說算是表妹），也會和妹妹一起玩。
更重要的是她那純真無邪，充滿活力的笑容非常美。
可是……母親似乎看她，也就是看自己的甥女非常不順眼。
每次有什麼事，母親就會狠狠地責備她。
母親不放過她的任何微小失誤，每當發現失誤就會斥責、痛罵她。
一看到她，就會用「光會吃飯」、「沒規矩」之類的話來嫌棄她。
有時甚至會批評她死去的父母。
而她只要稍微表現出反抗的態度，就會被賞巴掌，或是用掃帚、皮帶打她的屁股，有時還會把她關進櫥櫃裡。
母親一定會趁父親不在時這樣「教訓」她。
父親是個一心致力於工作的人。

腦子裡只想著工作，還有自己跟家族的面子。

所以要是父親看到母親「教訓」她的場面，或許會阻止母親吧。

因為會引來不好的風評。

可是父親不是因為重視家人才這麼做的。

至少他是這樣想的。

實際上，父親常常不在家，幾乎不參與養育孩子的過程。

等於是默許了母親「教訓」她的事情。

不知不覺間，她變得不再笑了。

那美麗的雙眼開始變得混濁、暗沉。

而且她變得會一直觀察別人的臉色。

他很想拯救她。

所以他拜託了母親好幾次，要母親對她不要那麼嚴厲。

他也曾在她被「教訓」時，挺身保護過她。

或許是拜此所賜吧，當他升上國中一年級時，就不曾再看過她受到「教訓」了。

他成功保護了她……他放心了。

…………

……

……

然而他想得太天真了。

某天，發生了他在不可抗力之下看見了她肌膚的事件。

雖然他連忙道歉……

但那時候他確實看到了。

她雪白的肌膚上有著不自然的瘀青。

事情很簡單。

他之所以再也沒看到母親「教訓」她，是因為上國中開始參加社團活動後，他回家的時間變晚了。

她在他看不見的地方，依然不斷地受到「教訓」。

母親根本沒將他的話聽進去。

他只感到自己非常無力。

所以……作為最後的手段，他找上了父親。

他很不擅長和父親相處。

他平常就跟幾乎不回家的父親沒什麼交集，父親也不是會積極關心孩子的人。

而且……

他想靠自己的力量來拯救她。

所以他才不想太仰賴父親。

他把她受母親「教訓」的事告訴父親後……

父親很驚訝。

看來父親是真的認為她在家裡過得還不錯。

隔天，父親提早回家，和母親談了好一陣子。

他記得母親歇斯底里地叫著，父親則是冷淡地回話。

就算是母親，被父親說過之後，也多少有點效果。

「教訓」暫時銷聲匿跡了。

然而好景不常。

冬季的某一天，他的社團活動提早結束，回到家後……發現她只穿著內衣坐在院子裡。

感覺很冷地發著抖。

妳沒事吧？又是媽媽做的嗎？

他記得自己是這麼問她的。

而她……

請你不要管我。

用會令人背脊發涼的冰冷眼神瞪著他這麼說。

他只能逃跑似的逃回家裡。

雖然這是他事後從妹妹那裡聽說的，但她果然跟平常一樣，是因為一些小失誤而遭到母親責備。

到了小學高年級後，她開始會幫忙母親做家事。不過只要有任何失誤，就會惹母親生氣。

可是那天母親生起氣來的樣子和平常不一樣。

不，真要說起來，那個失誤不過只是個契機……母親似乎是因為別的事情在生氣。

由於妹妹害怕氣得發狂的母親，逃回了自己的房間，所以不是很清楚母親到底是在氣什麼。

不過……

騙子。

狐狸精。

婊子。

妓女。

房間外不時會傳來這些辱罵聲……據說是這樣。

追根究柢，既然他不知道母親為什麼會看她這麼不順眼，他當然也不知道母親為什麼會罵出「妓女」這種話。

在那之後，他也試著要幫過她好幾次……

可是情況完全沒有好轉。

不如說感覺還更加惡化了。

時光流逝，她成了國中生，他也升上了高中。

他不知道她為什麼會開始躲他，他也因為無法拯救她的無力感，變得無法好好跟她說話了。

到了這個時候，家裡的家事幾乎全都是她做的。

他雖然有問過她，「妳這樣不辛苦嗎？妳不排斥做家事嗎？」……

但她只說她是自願要做的。

而母親對她的「教訓」行為也銷聲匿跡了。

上了國中之後，身體難免開始有了各種成長。

她的運動神經本來就很好。

母親也在無意識間，害怕她會出手反擊吧。

不過……那些挖苦和批評的話語依舊沒有減少。

絕對不是母親改變了態度，但以結果而言，她所受到的暴力一下子減少了。

父親和她的關係還是老樣子，沒什麼改變。

而她和妹妹……看起來處得還不錯。

環境和以前沒什麼不同。

不如說還多少改善了些。

儘管如此，他仍覺得只有自己和她之間有著一段距離。

他產生了不想待在家裡的念頭。

所以他去考了遠處的大學，開始一個人在外生活。

她已經不需要我幫忙了。

他以此為藉口，逃離了家裡。

…………

……

……

要是他知道。

要是他知道她被迫去相親，他絕對不會逃走。

她被迫去相親，而且和人訂了婚。

他是在大學快放暑假的時候聽說這件事的。

對方是「高瀨川」一族的本家的長男。

高瀨川。

他聽過這名字很多次。

是自古以來便存在日本的名門世家。

而且對於父親來說，是重要的客戶。
這很明顯是策略聯姻。
實際上，父親在她訂婚後，似乎從高瀨川家及其相關投資者那裡借貸到了龐大的資金。
暑假。
結束無法排開的課程和打工後，他急忙趕回老家。
正好在這個時候……
該說他運氣好，還是該說他運氣不好呢，正好在外面碰上了她。
她和一位少年在一起。
他出聲搭話並走近他們之後……聞到了一點消毒水的味道。
她手上拿著像是裝了泳具的袋子。
而且她的皮膚稍微曬傷了。
膚色雪白的她只要稍微曬一點太陽，皮膚就會紅起來，所以他一看就知道了。
討厭讓人看到肌膚的她居然和男生一起去了水上樂園，讓他受到了很大的衝擊。
可是就算對方是男生，感覺沒什麼朋友的她有可以一起出去玩的對象，他身為「哥哥」應該要高興吧。
……但是他不知道為什麼心情很不好。
有什麼讓他看不順眼的地方。

端正的五官，感覺家境不錯的打扮。

以及有著令人印象深刻的深藍色眼睛，有些成熟的少年。

他一開始覺得他們只是普通朋友，所以得知少年是她的婚約對象時嚇了一跳。

會嚇到也是因為他實在是太年輕了。

因為說要結婚，他以為對方肯定是比自己年紀還大的社會人士，所以有些意外。

試著對話後發現對方果然很成熟、穩重，散發出沉著冷靜的氣息。

少年給人的印象不錯。

從外表和態度看來都像是個好人。

說不定……說不定，只要說服對方，對方就會改變心意。只要把她的境遇告訴對方，對方或許就會願意幫忙拯救她。

……他是這麼想的。

所以他才會問。

你真的打算要跟她結婚嗎？

接著只見對方用有些傻眼的語氣，回他說：「這世界上哪有不打算結婚，卻還訂下婚約的人呢？」

這句話中帶著挖苦，讓他有點不高興。

而且對方還拉了拉她的袖子，簡直像是在強迫她一樣的問了她：「妳說對吧？」

接著她小聲地向對方說了些什麼。

在那之後兩人就說他們未來打算要結婚。

說相信雙方可以相處得很好。

太奇怪了。

這實在是太奇怪了。

才十五歲的高中生男女，光明正大、若無其事，彷彿這一切再理所當然不過地基於雙方父母的需求而訂下婚約，還說已經做好了未來與對方作為夫妻共度一生的覺悟……

以常識來想，這實在太奇怪了。

在現代的日本怎麼能有這種事情？

所以他才這麼想。

她一定被父親逼迫，不得不結婚。

被迫演出喜歡對方的樣子。

而對方一定是相信了她的演技。

有個像她這麼可愛的女孩子說喜歡自己，正值青春期的少年會因此得意忘我也是很自然的事。

只要把狀況告訴對方，對方一定能理解的。

他這麼想，用非常痛苦難受的心情，把她的狀況告訴了對方。

對方卻不太相信他說的話。

而且不知道為什麼要向她作確認。

她基於所處的立場上，只能說她喜歡你，所以她會這麼回答也是理所當然的……就算我這麼說明，也還是無法讓對方理解。

在他努力想辦法讓對方理解這一點後……

對方一副打從心底感到疑惑的樣子，問他：「你想要我做什麼？」

這時……他的視線忽然停在對方左手戴的手錶上。

那是非常有名的瑞士名牌錶。

最便宜的也要價上百萬日幣的……高級手錶。

他忽然理解了，啊，這就是高瀨川家啊。

對對方而言，她就和這手錶一樣吧。

對方一定是靠這份財力，逼迫她結婚的……他很肯定是這樣。

儘管對方乍看之下是個善良的少年，到頭來還是用錢買下她的那一族的人。

是賣掉她的父親的同類。

是會若無其事地做出等同於人口買賣這種事情的壞人。

所以他明白地說了。

叫對方別逼她結婚。

要是真的愛她，不希望她變得不幸，就捨棄這份婚約。
他期待著對方或許有的……一點點良心。
然而對方用冷靜的口氣反駁他。
要是我不買下她，她也只會被拿去賣給別的男人。
對方直接開誠布公地這樣說了。
那說法有如是在說是你們這些人沒有錢不對。
說穿了，像你這種沒用的人能做些什麼？對方的話簡直像在這樣嘲笑他。
他企圖反駁。
可是找不到能反駁的話。
就在他不知所措時，對方搭上計程車逃走了。
對方離開之後，他接近她。
妳沒事吧？
妳去水上樂園嗎？
他有沒有對妳做什麼過分的事？
妳被他威脅了嗎？
他手上握有妳的弱點嗎？
我會站在妳這邊……

他把能說的話都說了。
而她這麼說。
拜託你也差不多一點。
明明什麼都辦不到，請你不要再擾亂我的人生了。
我不需要你多餘的關心。
她流著眼淚，這樣大喊著。
然後衝進了家裡。
她說的對。
他……還沒有任何力量。
可是他不能放著哭泣的她不管。
他總有一天一定要拯救她才行。
他是這麼想的。
在那之後過了一段時間，對方邀她去參加夏季祭典。
他其實很想阻止她去。
可是她無視他的勸阻，出了門。
而她遲遲沒有回來。

來了一通聯絡的電話。
看來……因為電車停駛，她要在對方家裡留宿一晚。
那女孩。
要留宿在男人家裡。
這是怎麼回事。他感到一陣反胃。
見他鐵青著一張臉……
妹妹聳聳肩說道。
愛理沙姊姊每週六都會去那個人那裡啊。
根本就是分居的夫婦了。
妹妹是這樣說的。
他完全不知道這件事。
說不定那個男的早就對她下手了。
強迫她做出一些過分的事。
這麼一想，他便覺得胸口快要裂開了。
隔天她平安回來了。
妳沒被怎麼樣吧？
他雖然這樣問她，她卻只冷淡地回了一句，這與你無關。

她一定是不想被人問起這件事吧。
她的態度……陳述著發生過什麼事的事實。
他擔心她擔心得不得了。
所以到暑假結束前，整個九月他都待在老家。
他也因此注意到了一件事。
母親罵她的次數明顯地減少了。
若是平常的母親……只要她稍微晚歸，就會大聲怒罵她、斥責她吧。
可是現在只會說個一、兩句話挖苦她就結束了。
……看來就連那樣的母親都害怕著高瀨川。
高瀨川就是如此強大的對手。
他自己一個人是無法勝過對方的。
他這麼想著。

第五章　對「婚約對象」的心意

那週的週六正好是萬聖節的隔天。

愛理沙拿著紙袋來到了由弦家。

「今天也請你多指教了。」

「……嗯。」

開門迎接愛理沙的由弦不禁屏息。

或許是因為秋天也到了尾聲，天氣逐漸變冷……愛理沙穿得比平常還要更保暖。

具體來說就是……看起來非常暖和的針織毛衣。

奶油色的毛衣合身地貼附在愛理沙的身體上，展現出她曼妙的身體曲線。

所以就算由弦不想，也會看到她豐滿的胸部……當然他不僅沒有不想，還覺得大飽眼福就是了。

可是上半身明明感覺很暖和，下半身看起來卻有點冷。

以愛理沙而言算是很難得地穿了迷你裙。

可以從短短的裙子下看見被性感誘人的黑絲襪包裹著的纖長美腿。

她的腿在同齡的女孩子中算是相當細的。

不過也沒有細過頭，腿上還是有肉，感覺非常柔軟。

由弦有些心跳加速地讓愛理沙進了門。

「那個，由弦同學……畢竟到處都是萬聖節的氣氛，所以我做了點心來。」

愛理沙說完後，從紙袋裡拿出了包裝得非常可愛的塑膠杯。

看來是布丁。

「我做了南瓜布丁。希望合你胃口。」

「謝謝妳，愛理沙。」

由弦向愛理沙道謝，收下了布丁。

接著愛理沙便苦笑著說道。

「其實昨天亞夜香同學、千春同學、天香同學，還有聖同學都給了我點心。」

「原來他們四個也有拿點心去給妳啊。」

由弦也和愛理沙一樣，收到了那四個人給的點心。

亞夜香和千春本來就是喜歡各種節慶活動的人，所以由弦本來就料到她們會準備點心了。

可是他沒想到天香和聖，特別是天香會準備萬聖節的點心。

這兩個人不像是那種喜歡節慶活動的人。

不過作為人際互動的一環，他們是會重視這種活動的人。
「由弦同學也收到了啊……其實我很丟臉的什麼都沒準備。」
「不，妳那才是一般人會有的反應吧。」
他是不清楚國外的狀況……
不過在日本，萬聖節成了普通的扮裝大會。
會互相送點心的人絕對不在少數，不過完全沒準備的人也不少才對。
由弦是認為亞夜香和千春會拿點心過來，有事先準備一些可以拿來回贈的點心，所以能夠應對……可是他不會想要積極地去發送點心。
「可是總覺得有點過意不去。」
愛理沙對此產生了罪惡感……
看來是不到這種程度，不過她好像很介意。
「妳不用太在意吧。」
「……是嗎？」
由弦有些誇張地對略帶不安的愛理沙點點頭。
「如果妳覺得過意不去，而且想送點心給她們，明年再送就好了吧？」
「說的也是……硬是回禮，對方也會覺得很過意不去吧。」
愛理沙似乎已經在心中決定明年要準備了。

至於從愛理沙手中收到了布丁的由弦，則是從冰箱裡拿了回禮出來。
那是他平常會買的蛋糕店的紙盒。
不一樣的是……這次紙盒上的圖案變成了萬聖節的版本。
「我這邊……唉，因為我平常會準備了，要說這個是回禮也有點奇怪。」
他把紙盒放在桌上，打開讓愛理沙看裡面的內容物。
愛理沙瞧向盒內，隨即驚訝地睜大了雙眼。
「我知道這個。我在學校有聽班上同學提起這個的傳聞。」
「傳聞？」
「這是限量販售，而且不排隊就買不到的蛋糕吧？」
愛理沙有些興奮地說道。
由弦點點頭。
「嗯，是啊。我今天早上特別早起，去排隊買回來了。」
由弦買的是限量的萬聖節蛋糕。
他經常光顧的這家蛋糕店，只有在這個時期才會販售特別的南瓜蛋糕。
愛理沙可能會做萬聖節的甜點來吧？
考慮到這點，由弦便稍微努力了一下，買回了這個蛋糕。
「總、總覺得……很抱歉。我帶來的不過就是外行人做的布丁……」

「我倒是希望妳在覺得抱歉之前先誇獎我呢。」
比起道歉，不如慰勞他。
由弦半開玩笑地這麼說。
接著愛理沙便笑瞇了眼。
「那麼……要我摸摸你的頭，說你好乖嗎？」
「啥？」
由弦反射性地發出了怪聲。
儘管愛理沙的臉微微泛起紅暈，她還是輕輕笑了。
「不是由弦同學你說希望我誇獎你的嗎？」
「不是，雖然是這樣沒錯……」
「我有事前問過你的話，就可以摸你的頭吧？」
他的確有這樣說過。
因為由弦自己也摸過愛理沙的頭好幾次，要是愛理沙說「你不讓我摸的話不公平」，他也無法反駁。
「我是覺得摸我的頭也不好玩就是了。」
「我覺得有趣就好。」
愛理沙這麼說完之後，跪坐下來。

然後拍了拍她被絲襪包覆著，感覺非常柔軟的大腿。

「咦？這……」

「這是回禮。我聽說男性都喜歡這個……由弦同學你不喜歡嗎？」

「不，我……算是喜歡吧。」

看著她優美的腿部曲線，由弦不禁嚥下了一口口水。

老實說他超喜歡的。

就算理性上覺得這麼做不好，由弦還是不敵膝枕的魅力，將頭枕到了她的大腿上。

感覺極為柔軟的兩團脂肪緊接著出現在由弦的視線範圍內。

豐滿的果實違抗重力，向上挺著。

由弦覺得自己的理性可能會撐不住，轉為側躺。

然而他馬上就發現自己錯了。

這是因為比起後腦杓，臉頰更能感受到愛理沙的大腿有多柔軟。

他可以透過臉頰感受到底部的肌肉和覆在上頭的柔軟脂肪，以及邪惡的絲襪觸感。

而且愛理沙的肌膚和自己的鼻子距離太近了這點也不好。

肥皂的香味和些許的汗水氣味，不斷地消磨掉由弦的理性。

「謝謝你為了我一大早跑去排隊。」

愛理沙邊說邊開始摸起由弦的頭。

她的手指撫過由弦的頭髮，每當碰到耳朵或後頸時，便會有一股酥麻的感覺竄過由弦的身體。

「啊……我不行了。」

「啊！」

因為覺得理性快要撐不下去了，由弦用翻滾的方式逃離了愛理沙。

相對的，愛理沙則是有些寂寞地開口說。

「我還沒摸夠耶。」

「我已經很滿足了。」

由弦這樣回答後，愛理沙不滿地噘起嘴。

「讓人摸兩下，自己滿足了就跑……你不用連這種地方都這麼像貓吧。」

「真要說起來，我本來就沒打算當貓啊。」

再說是愛理沙主動開口要求說要摸他的。

由弦心裡不太能接受她的反應。

既然愛理沙都特地做點心帶來了，由弦便立刻試著品嚐南瓜布丁。

他將湯匙插入杯中。

看來是比較紮實的那種布丁。

含入口中，濃郁的雞蛋味和南瓜的香氣與甜味便在口中擴散開來。口感也非常滑順。

和底部的焦糖醬一起吃的話，多了焦糖的苦和甜，吃起來又是不同的風味。

「味道怎麼樣？」

「嗯，很好吃喔。之前的蛋糕也是，妳也很擅長做甜點呢。」

被由弦這麼誇獎，愛理沙有些害羞地搖搖頭。

「沒這回事。我確實偶爾會用剩下的麵粉、蛋和牛奶來做甜點，所以或許是做得比其他人好一點……可是只要照著食譜做，我想無論是誰都能輕鬆地做出來的。」

「那是因為妳的廚藝等級很高才會這樣想……」

這時由弦的心裡冒出了一個疑問。

愛理沙什麼菜都會做嗎？有什麼不擅長做的料理嗎？

「妳有不擅長的料理嗎？我是指要妳煮的話。」

「這個嘛……我不太會做中式料理。總覺得很難。」

「……這麼說來我好像沒印象吃過妳做的中式料理。」

他是覺得廚藝高超的愛理沙所說的「不太會」，以一般的標準來看應該是做得不錯了。

不過愛理沙對中式料理沒什麼自信似乎是事實，基本上她做的都是日式料理，或是可樂餅、炸蝦、蛋包飯這種西洋風料理。

她說不定連一次都沒煮過中式料理。

「跟鰹魚高湯或昆布高湯那些不一樣，中式料理的味道……我覺得很難勝過那些市售調味料的味道。」

「愛理沙是不贊成使用市售調味料的那一派嗎？」

順帶一提，由弦是被母親用「市售調味料」養大的，所以對此並不排斥。

當然他是比較喜歡愛理沙的調味。

「沒這回事。我在某些情況下也會用市售調味料。只是……該怎麼說呢，有種好像輸了的感覺。是一種屈辱。」

「……原來如此。」

他完全無法理解。

真要說起來，她到底是覺得自己輸給什麼了？

中式料理這個文化嗎？

還是市售調味料？

就算贏了，愛理沙又能獲得些什麼？

他心中雖然充滿了這些疑問，卻沒有說出口。

「還有我覺得火力不太夠。我從來沒炒出自己覺得滿意的炒飯。」

「炒飯啊……嗯，那個感覺很深奧呢。」

如果只是炒飯這種程度的料理，那由弦也做過好幾次。

橄欖油香蒜義大利麵和炒飯都是簡單但是非常深奧的料理……感覺有很多人對這類料理有莫名的堅持。

「……說起中式料理，亞夜香很會做喔。」

「是嗎？」

「嗯，我吃過幾次，很好吃。她說是一個認識的中國籍廚師教她的。」

別看亞夜香那個樣子，她其實廚藝很好。

她特別擅長中式料理，對味道堅持到甚至有在養鐵鍋。

「……我拜託她的話，她會教我嗎？」

「我想她應該很樂意教妳吧。」

亞夜香一定會一臉得意地教她吧。

「那我試著拜託她看看……我會努力學到可以讓你吃到美味的中式料理的。」

「我會期待的。畢竟我每週都很期待能吃到妳做的菜啊。」

「你有這麼期待嗎？」

「是啊，我恨不得天天吃。」

要是可以天天吃到愛理沙做的菜，那該有多幸福啊。

天城家的人應該要知道自己過得有多幸福才對。

「……每天啊。那要我做給你吃嗎？」

「咦？」

愛理沙的提案讓由弦驚訝地睜大了眼。

那是他夢寐以求的事，要是愛理沙能每天做飯給他吃，簡直是再好不過了，可是……

「意思是妳要每天到這裡來嗎？」

「那實在是有困難……所以，那個，我想說我可以幫你做便當。」

「便當？」

可愛的女孩子每天幫自己做便當。

這可是男生非常樂見的發展。

「……不是，可是這樣不會很辛苦嗎？」

「因為我每天早上都要自己做便當，要費的功夫是一樣的。啊，不過要麻煩你出材料費。」

「我只要出材料費就好了嗎？」

就算說費的功夫一樣，要做的事還是變多了。

由弦是覺得沒付愛理沙的「人事費用」，他會很過意不去，不過……

「不用擔心。因為由弦同學你像是先幫我出了外套的錢之類的，在各方面都很照顧我。而且……我想做給由弦同學吃。」

愛理沙臉頰微微泛紅地這麼說。
既然她都說了自己想做，由弦覺得硬是要付「人事費用」對愛理沙也很失禮。
「那我就恭敬不如從命了……下次我再找個機會回報妳吧。」
「你也不需要特地回報我……」
「我說單純是我想回報妳的話，妳願意接受嗎？」
聽由弦這樣一說，愛理沙不禁苦笑。
然後點了點頭。
就在他們聊著這些事情的期間，由弦吃完了布丁。
他打算順便連蛋糕也吃了，便拿出了剛剛收回冰箱裡的紙盒，將蛋糕放上盤子後端了過來。
「這是布丁的回禮。」
「謝謝。」
愛理沙直直地盯著蛋糕。
然後抬頭看向由弦。
「怎麼了？」
「不是，我只是想說，這麼說來……該說是萬聖節必備的台詞嗎？總之我們還沒說那句一定要說的台詞呢。」

一定要說的台詞。
也就是「不給糖，就搗蛋」這句話。
「要說一定要，我們也沒有扮裝啊……雖然不知道做這些到底有什麼意義。」
由弦苦笑著說完之後……
愛理沙從紙袋裡拿出了什麼東西。
那是兩個造型不同的髮箍。
一個是貓耳朵，一個是狗耳朵。
「……妳準備得還真周到。」
「是亞夜香同學給我的。」
「我懂了。」
明天跟由弦弦一起開個萬聖節派對吧。
由弦的腦中浮現了亞夜香嘴裡說著這種話，硬是把扮裝道具塞給愛理沙的身影。
「由弦同學喜歡狗吧。狗耳朵的給你。」
「……謝了。」
總之由弦戴上了狗耳髮箍。
然後問愛理沙。
「怎麼樣？」

「……呵呵，很適合你喔。」

「妳剛剛笑了吧？」

「我沒有笑。」

「……算了。既然我都戴上了，妳也該戴上吧。」

由弦催促遲遲沒戴上貓耳髮箍的愛理沙。

愛理沙猶豫了一陣子之後，戴上了髮箍。

然後有些害羞地垂著視線，臉頰微微泛紅地問由弦。

「……怎麼樣？」

「真可愛……」

和由弦不一樣，愛理沙非常適合貓耳。

雖然考慮到愛理沙的個性，比起貓耳她感覺更適合狗耳。不過不論這一點，她還是很可愛。

「是、是嗎……那個，由弦同學。」

愛理沙正面面向由弦。

接著滿臉通紅地輕聲咳了咳，模仿貓咪似的彎起手腕。

「不給我糖果的話……我就要搗蛋了喵。」

「……」

「我、我說！由弦同學！不說話是最讓人不知所措的反應！」

愛理沙的臉紅得像熟透的章魚，她抓著由弦的肩膀，用力地搖晃由弦。

至於差點因為愛理沙太可愛而暈過去的由弦，則用單手遮住了自己基於興奮、害羞，以及同理心而開始發燙的臉。

「……我能不能把布丁還給妳，然後搗蛋啊？」

「當然不行啊！應該說你打算怎樣還給我啊！」

愛理沙咚咚咚地用拳頭敲打著由弦的身體。

※

「由弦……」

「居然帶了便當……」

彷彿看見了什麼不可置信的景象。

明天世界說不定會毀滅。

臉上露出這種表情的，是宗一郎和聖。

「我帶個便當來也還好吧。」

由弦邊說邊打開早上從愛理沙手中收下的便當盒。

因為是有保溫效果的便當盒，內容物都還是熱的。
便當盒有兩個。
一個裝了放有梅乾的白飯，另一邊則是裝滿了漂亮的配菜。
該說不愧是愛理沙嗎，裡頭沒有放任何冷凍食品。
……這也是因為她會有種輸了的感覺嗎？
「是雪城同學做的嗎？」
開口猜測的人是宗一郎。
一個人住在外面的由弦不可能有母親幫他做的便當，然而由弦也不可能會自己做便當，
所以這算是合理的推論吧。
「是啊。」
由弦輕描淡寫地回答後，拿出筷子……先試著吃了炸雞塊。
味道不會太鹹也不會太淡。
儘管已經做好了一段時間，麵衣還是十分酥脆。
咬下後發現肉比想像中的還要柔軟，鮮美的肉汁在口中擴散開來。
（愛理沙做的菜果然好吃。）
由弦決定明天早上要跟她說便當很好吃這件事。
順帶一提，給由弦用的便當盒總共有三個，愛理沙會用這三個輪流帶便當給他。

不過真的很好吃。

愛理沙現煮的料理確實特別好吃，不過看來她也會做這種就算涼了也很好吃的便當菜。

而且不僅好吃，配色也很漂亮，也看得出她有顧慮到營養均衡的問題。

他真的很佩服愛理沙。

「什麼啊……這下只剩我一個人吃學校餐廳了嗎？」

宗一郎帶了母親做的便當來。

至今為止都是由弦和聖兩個人吃學校餐廳，只有宗一郎一個人吃便當，但這種情況也就只到今天了。

「不過高中生就有愛妻便當啊。」

「你們乾脆結婚算了吧？」

宗一郎和聖半是開玩笑，半是認真地說。

順帶一提，由弦已經在獲得愛理沙同意的情況下，把「婚約」的事情告訴聖了。

經過讀書會和萬聖節，愛理沙似乎和天香變得要好起來了。

她覺得一直瞞著朋友也不好，所以決定要把婚約的事告訴聖和天香。

對由弦來說要一直瞞下去也得繃緊神經，所以在心情上是輕鬆多了。

「我基本上還是有付材料費啦。」

「我覺得照一般狀況而言，光付材料費是沒人會幫你做的。」

「要是我拜託她，雪城也會幫我做便當嗎？」
「嗯，八成不會。」
愛理沙不是開便當店的。
就算要費的功夫一樣，還是得花上不少時間。只收材料費就願意幫忙做便當，這毫無疑問是出於愛理沙對由弦有一定程度的好感。
至於那份好感是友情，還是愛情……他就不知道了。
「我說認真的，你們不交往嗎？唉……雖然有婚約在身，所以也可以說你們是已經在交往了啦。」
「根據我聽到的情況來看，你們看起來完全是感情很好的情侶啊。你們是打算就這樣邁向終點嗎？」
「啊～你們是想問這個啊。」
由弦也不是毫無自覺。
他們本來是為了「表現得像是彼此有婚約在身的樣子」才會去約會的，可是最近已經開始普通地樂在其中了。
這點愛理沙也一樣吧。
「……嗯，我是喜歡愛理沙啦。」
「我想也是。」

「我之前就這麼覺得了，她那種有點像外國人的女孩子，根本就正中你的好球帶吧。」
「不是，我也不是只看臉啦。」
如同聖所言，愛理沙的外表包含她那曼妙的身材在內，都正中由弦的好球帶。
再加上她個性也很好。
溫柔又體貼，也能在背後支持著由弦。
雖然愛理沙覺得自己的個性很差……但她那樣也有點可愛。
而且她又很會做菜。
最重要的是，經過萬聖節那件事之後，由弦發現她意外地滿會配合現場氣氛的，也會開玩笑……
跟她在一起很開心。
「只是啊……問我是不是真的想跟她談戀愛，那我就不知道了。」
「意思是你只把她當成朋友嗎？」
「以一個異性來說，你不喜歡她嗎？」
「不，作為一個異性而言我也喜歡她……可是就算說喜歡，是不是強烈地想跟對方談戀愛，這又另當別論了吧？」
只要是男人，無論是誰都會有一、兩個在意的女孩子。
已經有老婆或女朋友的男人就算不會劈腿或外遇，看到漂亮又溫柔的女性也會覺得「真不錯」吧。

「簡單來說，我覺得我們現在的關係很好，所以沒那麼想硬是要有所進展。最重要的是……」

這個世上的情侶或夫妻，並非所有人都是抱持著強烈的愛意，才讓彼此間的關係成立的。

不如說因為「感覺好像可以」而開始交往的人比較多吧。

所以由弦和愛理沙就算成為情侶，也沒有什麼好奇怪的，不過……

「我……我覺得我愛上愛理沙不是一件好事。」

由弦和愛理沙看起來雖然是對等的，實際上卻算不上是對等的關係。

因為由弦想跟愛理沙取消婚約就能取消，愛理沙卻無法取消。

由弦和愛理沙的「婚約」，是因為由弦這邊有想要結婚的意思，才得以成立的。

也就是說……這說法雖然不太好聽，但這等於是由弦掌握了愛理沙的生殺大權。

所以要是由弦愛上了愛理沙，也就是由弦想跟她結婚，愛理沙是無法拒絕的。

由弦對宗一郎和聖說明了自己的想法。

「唉，總之事情就是這樣……所以我目前想要維持現在的關係。我沒有想跟她交往到要逼她接受我的心意的程度。」

由弦說完後，腦中浮現了自己父親的臉。

（因為爸爸是個不擇手段的人。我想他應該早就看穿愛理沙膽小消極的個性了……我得小心點才行。）

高瀨川和彌乍看之下很溫和，實際上卻是相當冷靜、無情，而且十分冷血的男人。

當然這是他在工作上的一面，私底下他是個對家人很溫柔，普通的好父親，所以由弦也很敬愛父親……

不過只是要把兒子（由弦）拿來當成策略婚姻的棋子這種程度的事，他可以乾脆地做出決斷這點也是事實。

既然連**利用**兒子（由弦）都毫無猶豫，那就更別說是無關（愛理沙）的人了。

由弦當然必須從「天城」手中守護愛理沙，但是他也必須從「高瀨川」手中守護愛理沙。

不如說「高瀨川」這邊才是大敵。

冷靜、無情、冷血。

為了達到目的不擇手段。

善於謀略和事前安排，狡猾的一族。

這就是世間對「高瀨川」的評價，而且這評價絕對屬實。

「高瀨川」一族的威脅性，身為「高瀨川」家一員的由弦是最清楚的。

從父親和祖父的角度來看，應該會覺得他是個徹底進入反叛期的兒子吧。由弦在心底苦笑。

「「……」」

另一方面，宗一郎和聖聽了由弦的話之後面面相覷。

然後開口問由弦。

「那你要是真的愛上她，就算強迫她也想要得到她，該怎麼辦？」

「如果雪城主動追求你，你會怎麼辦？」

面對他們的提問，由弦聳聳肩。

「唉，等到事情發生的時候再說嘍。」

※

萬聖節後過了一週多一點。

這一天舉辦了第三次全國模擬考。

模擬考結束後，由弦和愛理沙在華夏裡對答案。

「這樣一直連續有模擬考，實在是累了呢……」

對完答案後的愛理沙大大地伸了個懶腰。

由於不到兩週前他們才剛考完另一場高難度模擬考，所以這等於是在一個月內連續有兩場模擬考。
途中雖然有萬聖節讓人喘口氣……
但就算是愛理沙也有些累了。
「唉，不過……這樣就暫時不會再有模擬考了。」
「是啊……也算是放鬆一下，那個，我們下週六……要不要去外面玩？」
言下之意是要出去約會。
最近他們都一直在假借「居家約會」之名行讀書會之實，所以由弦也非常贊成出去外面玩。
只是……
「關於這點，其實我有件事想找妳商量。」
「找我商量？」
「對……我妹妹彩弓可以一起去嗎？」
由弦的提案讓愛理沙睜大了雙眼。
事情的經過要從昨晚開始說起。
「喂？」
『哥哥，是我、是我啦！』

「是詐騙電話嗎？」

『高、瀨、川、彩、弓，是我高瀨川彩弓！』

「原來是彩弓啊。」

『才不是什麼原來是咧，我是用手機打給你的，你根本就知道吧！』

彩弓在電話的那一頭氣呼呼的。

當然，由弦只是在開玩笑，彩弓也是開玩笑地裝出生氣的樣子。

畢竟是兄妹，這種程度的玩鬧不過是家常便飯。

「所以妳打來是有什麼事？明天……這週六我還有模擬考要考。」

雖然是週六，但他必須去學校參加模擬考。

要在校內考校外模擬考這聽起來也有點奇怪就是了。

『你在念書？』

「是啊，正在念書。所以拜託妳長話短說。」

『我下週六想要去市中心那裡逛街買衣服～』

「是希望我當保鏢兼幫忙提東西的小弟，陪妳一起去嗎？」

『嗯，有一半是這樣。』

他們兄妹的感情還算不錯，所以他曾經多次當彩弓的保鏢或是幫忙提東西的小弟，陪彩弓去逛街。

就算在由弦一個人搬出來住之後也一樣。

可是……「一半是」這話又是什麼意思？

由弦一頭霧水。

「另外一半呢？」

『哥哥完全不懂女孩子的衣服吧？』

「我還是分辨得出可愛或不可愛的喔。」

『可是你根本不知道現在的流行或是有哪些品牌嘛。』

由弦確實不太清楚女性服飾的品牌。

因為他沒興趣。

如果是手錶或是西裝的品牌，那他倒是因為有興趣，所以多少知道。

『所以我希望愛理沙姊姊可以一起來。』

「找愛理沙？」

『你看嘛，也差不多想買比較保暖的冬裝了吧？愛理沙姊姊也是女孩子，我想她應該跟我有一樣的想法吧。我想跟她一起去逛街，順便加深感情。』

「原來如此。」

雖然這麼說，但愛理沙最近才還了他外套的錢。

他有點擔心她手頭不夠寬裕。

「嗯，總之我問問看。」
『拜託你囉～哥哥，愛你～』
「好好好，我也愛妳。」

「總之大概就是這樣。」
「原來如此。」
聽完由弦的說明後，愛理沙理解地點了點頭。
然後又輕輕點頭。
「可以啊。」
「……妳手頭上沒問題嗎？」
由弦不知道愛理沙可以拿到多少零用錢。
不過應該不是太多吧。
高瀨川家的邏輯是「衣服、化妝品、文具用品、教科書的開支不算在零用錢的範圍內」，所以彩弓應該從父母那裡拿到了不少治裝費。
要是陪彩弓逛街，愛理沙的錢包會被榨乾吧。
「我們家不是按月給零用錢，而是依據目的、用途來給的。」
「目的？」

「比方說……必須定期添購新品的衣服，大概每一季會撥一筆金額來當治裝費這樣。約會的時候也會每次給我一點零用錢……大概是這樣。所以如果跟養父說我要和由弦同學還有你妹妹一起去逛街買衣服……我想他可能會多給我治裝費以外的零用錢，而且雖然不確定他會不會多給，但我最近才拿到冬季的治裝費，所以手頭上是有錢的。」

由弦之前就對愛理沙的財務狀況有不少疑問。

例如她雖然說「從沒買過比較貴的沐浴用品」，身上卻穿著相當時尚的衣服。

而且在約會時，對於要去電影院或是在外面吃飯，她也從未表現出猶豫的樣子。

有零用錢，還是沒有……到底是哪種情況？

雖然由弦之前是這麼想的，不過愛理沙現在的說明解開了他的疑惑。

愛理沙的養父想必打算讓愛理沙過著富足的生活吧。

不僅有給她和由弦去約會的零用錢，也會給她治裝費。

可是……她的養父身為一個男人，沒有所謂「注重沐浴用品」的想法。

除了沐浴用品之外，還有很多類似的案例吧。

儘管愛理沙對於明明身邊的人都有這些東西，只有自己沒有的狀況抱有強烈的自卑感，甚至成了一種情結，然而既然不是生活必需品，她就沒辦法拜託養父給她錢買這些東西。

「這樣啊……那這樣反而對妳有利呢。」

如果有目的就能拿到零用錢，那愛理沙就不會因此缺錢花用。

不如說有了目的，愛理沙就有理由拿到更多的零用錢，反而是「賺到了」。
「是啊……雖然會給養父添麻煩就是了。」
愛理沙用有些歉疚的表情說道。
真要說起來，是她的養父強迫她訂婚、結婚的，如果這是相關的必要花費，由弦是認為愛理沙沒必要客氣……
即使如此，她還是會在意吧。
「別在意……因為妳和我的婚約，應該讓妳的養父得到了不少利益。」
「……可是我們還沒結婚吧？這種狀況下還是能讓他獲利嗎？」
由弦有點介意「還沒」這個說法，不過他刻意不去追究這點。
然後回答愛理沙的問題。
「因為我的父母已經投資了不少錢在妳養父經營的公司上。嗯……雖然他們好像在我和妳訂下婚約之前就有在談投資的事，不過訂婚後投資的金額增加了，所以多少還是有影響吧。」
實際上她養父比起錢，更看中的是加入高瀨川旗下的事實，以及外界的評價吧。
由弦和愛理沙的婚約雖然沒有正式對外宣布，可是情報一定會從哪裡洩露出去，真要說起來，由弦的父親本來就是以婚約的消息會洩露出去為前提在行動的……不對，是他會積極地放出風聲，讓人嗅到一些端倪吧。

藉此讓天城加入高瀨川旗下的事情傳開來。

而天城這邊也會因為加入高瀨川旗下的事情傳開，募到更多的資金。

若是只有天城，投資人或許會猶豫，但知道天城背後有高瀨川撐腰的話，願意吐出錢來的人就不少了。

由弦也很在意，所以稍微調查了一下資金的動向……發現不只高瀨川的相關人士，連橘、上西、佐竹這幾家也在相當早期的階段——具體而言是他們在水上樂園遇到這三家的孩子之前——就有在提供資金了，雖然金額不多。

……唉，畢竟這些相關人士只要追溯族譜，就會發現在某些地方是有聯繫的。

這種人際網路早就已經構築起來了。

由弦的父母只要讓高瀨川家的分家或是有血緣關係的親族嗅到婚約的端倪，消息當然會在一轉眼之間就擴散開來。

「也就是說，就算我跟妳未來沒有結婚，就算這不是正式婚約，只是暫時性的……光是有這個事實在，妳的養父就能得到不少利益……唉，所以說妳稍微說點任性的要求也無所謂吧……說是這樣說，但我也不清楚天城家的財務狀況，不能說這種不負責任的話。」

公司的營運狀況有問題，不等於家裡的家計有問題。

就算公司的資金週轉狀況改善了，也不能說天城家的財務狀況就會立刻變好。

「……說的也是。仔細想想，這是必要的經費呢。雖然不能亂花就是了。」

愛理沙說完後微微一笑。
和婚約對象的妹妹增進感情所需的交際費是必要的經費，求取這些費用是她合理的權利。
這個想法似乎稍微減輕了她心中的罪惡感。
「……是啊。我覺得就是這麼一回事。」
不過這前提是我跟妳會結婚吧？
由弦儘管心裡這麼想，還是隨意地回了話。

※

「讓你久等了，由弦同學。」
「不會，我也才剛到。」
他們約好碰面的地方是位於市中心的某個車站。
由弦看到走來的愛理沙身上的服裝……稍微放心了。
這次她沒穿上次那種會突顯出身體曲線的衣服。
黑色長袖上衣搭配白色的薄針織外套，下半身則是穿著寬褲。
最外面則是穿了之前買的秋季風衣外套。

視覺上沒那麼刺激，讓由弦鬆了一口氣。
「彩弓妹妹呢？」
「遲到了。我想她應該快到了……」
就在這時候。
有什麼人像是用身體撞了上來，從由弦背後抱住了他。
「哥哥！」
「妳遲到嘍，彩弓。」
「啊哈哈，對不起。哎呀～碰到塞車了呢。」
看來她是搭計程車來的。
應該是考慮到搭電車來可能會有遭到性騷擾等風險，所以才避開吧。
「愛理沙姊姊，好久不見了。」
「好久不見了，彩弓妹妹。」
彩弓跑向愛理沙，握住她的手。
「不好意思，拜託妳來陪我逛街。」
「不會，沒關係的。我要是能幫上忙就好了。」
「因為我一直覺得愛理沙姊姊穿的很時尚。今天就靠妳了！作為交換……我會把哥哥的喜好告訴妳的。」

「啊哈哈哈……那就拜託妳了。」

聽了彩弓的話，愛理沙苦笑著回答。

旁邊的由弦則是因為彩弓那句「哥哥的喜好」而提高了警戒。

得多注意她，別讓她說出什麼奇怪的事。

「反正妳們一定會逛很久吧？趕快走吧。」

愛理沙和彩弓兩人都點了點頭，回應由弦的話。

由弦等人走進的是位在車站附近，擁有包含高級名牌在內等各式各樣店舖的購物中心。

「喂喂，愛理沙姊姊，妳覺得哪件比較適合我？」

彩弓手上拿著兩件冬季的外套這麼問。

一邊是米色的，另一邊則是灰色的。

如果是由弦，這時候就會說「兩件都很適合妳」了。

……實際上，像彩弓這樣的美少女，穿哪件都很好看吧。

「我是覺得兩件都很適合妳……不過嘛，前者比較可愛，後者則是給人比較優雅的感覺。」

「嗯～前者看起來會顯得比較孩子氣嗎？」

「這個嘛，嗯，我是覺得那樣也很可愛就是了。」

「……灰色這件比較成熟嗎？」
「這個嘛，看起來會比實際年齡成熟個一、兩歲喔。」
彩弓思考了十幾秒之後……
她把灰色外套放入了由弦手上拿著的購物籃裡，看來是決定要買這件了。
（……原來她很介意這點啊。）
在由弦心裡，彩弓始終都是他可愛的妹妹，所以他一直把彩弓當成小孩子。
然而彩弓卻很介意自己顯得很孩子氣這件事，讓由弦有些驚訝。
畢竟她才國二，就算孩子氣也無所謂吧。
儘管由弦這麼想，但彩弓應該很想長高變成大人吧。
「總之妳們買完了吧？」
女人逛街購物的時間很漫長。
而且還是兩個人。因為她們會聊個不停，所以更是漫長。
由弦已經逛到累了。
「衣服的部分買完了。可是接下來還想去看看鞋子～愛理沙姊姊也想去看看吧？」
「這個嘛……畢竟我也還有預算，想買雙靴子。」
「這樣啊。」
不管說什麼都只會拖長時間而已，由弦決定繼續陪她們逛下去。

他們先結了衣服的帳。

（……下次把宗一郎跟聖他們也叫來吧。）

他在想，有三個男生在的話，應該多少能夠化解無聊吧。

然而冷靜下來仔細想想，叫那兩個人來，就表示亞夜香、千春、天香三個人也會跟著一起出現。

五個女生一起逛街購物。

恐怕會一路買到太陽下山吧。

因為光想就覺得背脊發涼，由弦決定停止去思考這件事。

「那麼哥哥，我們去賣鞋子的地方吧。」

彩弓出聲叫由弦一起去有在賣鞋子的櫃位。

聽了這句話，由弦則是把手上的紙袋拿給了愛理沙和彩弓。

「抱歉……我可以先去方便一下嗎？」

也就是去廁所。

彩弓氣呼呼地鼓起臉頰。

「什麼啊～！快去快回喔。」

「比妳們逛街快多了啦。」

由弦說完後，便小跑步地找起了廁所。

因為由弦遲遲找不到廁所，結果這一趟花了大概十五分鐘。
彩弓一定很不高興吧……
由弦在內心嘆了口氣，急忙趕著去和她們會合。
（是說我明明就是陪她們來買東西的，為什麼只是讓她們等我一下，我就得挨罵啊？）
儘管覺得這樣很不合理，但他也不能讓兩位公主久候，只好小跑步地移動。
接著……
只見愛理沙和彩弓她們兩個正在和某個眼熟的少年說話。
話雖如此，主要是彩弓和少年在對話的樣子。
愛理沙站在彩弓稍微後面一點的地方，感覺像是在觀望守候著事情的發展。
（趁著我不在的時候……真是麻煩啊。）
由弦邊在內心嘆氣，邊小跑步地接近兩人。

※

九月下旬。
「……這週也是啊。」

小林祥太在自家附近的咖啡廳等人之際，想起了今天早上的事。

今天是週六……雪城愛理沙這週又出門了。

祥太家離愛理沙家很近，只要在陽台上用望遠鏡看，就能多少看得到愛理沙家的狀況。

不過他大概已經猜到愛理沙是為什麼出門了。之所以這樣說，也是因為到了晚上，他會看到有男生送愛理沙回家。

那個男生的名字是高瀨川由弦。

和祥太同年的少年。

他本人當然是沒明說過自己是愛理沙的男朋友……

不過從他們每週開心地經過祥太家前面的樣子看來，一看就知道他們兩個正在交往。

「唉……一定很幸福吧。」

每週六的晚上。

他在玄關隔著門偷聽外面的聲音，可以多少聽見愛理沙和由弦的對話。

他可以聽見總是面無表情、不太表現出情緒的愛理沙開心的笑聲。

這是……很值得高興的事。

應該是很值得高興的事。

可是……他卻高興不起來。

有股黏稠深沉的情感盤據在他的胸中。

明明是我先喜歡上她的。
明明應該由我來讓她獲得幸福的。
祥太很羡慕、很不甘心。他知道這是他醜陋的嫉妒。
儘管如此……儘管如此，他還是無法壓抑這份心情。
「要是……我……」
腦筋再好一點、長得再帥一點、出生在有錢人家。
他無論如何都會冒出這些想法。他無法不去這樣想。
「……抱歉，讓你久等了。」
聽到有人向他搭話，他抬頭後……只見祥太在等待的人就站在那裡。
天城大翔，愛理沙的表哥。
兩人算是認識，偶爾會互相聯絡。
祥太之所以會知道愛理沙複雜的家庭狀況，就是大翔告訴他的。
此外……大翔也知道祥太喜歡愛理沙。
「不會，我也才剛到。」
祥太邊回答，邊看著大翔入座……這時他忽然想到。
……他知道愛理沙交男朋友了嗎？
「是說……雪城同學交男朋友了呢。」

好像他完全不在意的樣子。

若無其事。

祥太就像在說今天天氣真好一樣，這麼對大翔說道。

接著……大翔的表情變得陰沉了起來。

「這件事……」

「不、不是，我一點都不在意……該說她本來就是高不可攀的花朵嗎。而且對方感覺是個好人呢。呃，是叫高瀨川同學吧？既然和雪城同學唸同一所高中，表示他腦筋很好吧。而且長相也……還算滿帥的。感覺是個跟雪城同學很相配的人……該說像我這種人完全比不上他嗎……」

越是找理由，就越覺得自己很悽慘。

最後他什麼都說不出口了。

他搔了搔頭，然後探了一口氣。

看到這樣的祥太……太翔的表情先是有些猶豫，可是似乎又下定了某個決心。

「關於這件事，祥太。其實……那不是愛理沙的男朋友。」

「……咦？」

「這件事是因為對象是你，我才說的……由於我父親有警告過我這件事情不能隨便告訴外人，所以你也要小心一點。他……高瀨川由弦是愛理沙的未婚夫。」

「未、未婚夫？」

祥太不禁提高了音量。

然後連忙用雙手摀住嘴巴。

「沒錯……而且是策略聯姻。」

「策略聯姻……」

簡直像是聽到了什麼科幻還奇幻作品的設定。

他很驚訝在現代的日本居然會發生這種事情。

「愛理沙是被迫接受這個婚約的……高瀨川家在企業界和政治界是出了名的名門世家。我想應該是他喜歡愛理沙吧。所以才會靠著金錢和權力，和愛理沙訂下婚約。」

「怎、怎麼會……」

對方看起來確實很有錢。

他也的確覺得對方是個討厭的傢伙。

可是愛理沙乍看之下很幸福的樣子。

那是那個愛理沙喜歡上的人。

那對方一定是個好人。他是這樣認為的。

會覺得對方看起來很討厭，一定是自己的嫉妒造成的幻覺。

「可是雪城同學看起來很開心……」

「一定是父親威脅她，要她和高瀨川好好相處吧……因為高瀨川家是在這個國家裡不能與之為敵的家族之一。」

大翔這樣說完後，又特地叮嚀祥太。

「聽好了喔？這件事要保密……我們兩個一定要拯救愛理沙。」

「……好、好的。」

腦中一片混亂的祥太，只能點頭回應。

祥太回家後，調查了關於高瀨川家的事。

然後查出了各式各樣的情報。

看來高瀨川家在日本是相當有財力的家族。

同時也是歷史悠久的名門世家，似乎從以前開始就不斷有在進行策略聯姻。

其中也有高瀨川家和暴力組織或美國政府有掛勾，是在檯面下掌控日本的組織一員這樣的情報。

不過其中部分情報是來自沒有記載可信引用來源的調查網站，所以很難說這些情報是否屬實。

其中也有可疑到讓人忍不住想笑的情報。

特別是扯上陰謀論的部分……一般來說沒人會相信吧。

然而……若是相信大翔，他就覺得這些情報大致上沒有說錯。

而且冷靜下來想想，那個獨來獨往、散發出高貴不凡氣質的愛理沙，會做出那種像小狗一樣反應實在太奇怪了。

這表示愛理沙是受人脅迫才那麼做的。

可是……就算知道了這些事，他又能做些什麼呢。

只是個普通平民的祥太，不可能勝過如此可怕的家族。

什麼都做不到，日子就這樣不斷過去。

他很懊悔，懊悔自己這麼軟弱無力，只能在一旁看著男人的毒牙襲向愛理沙。

然後……到了十一月的某個週六。

那真的單純只是偶然。

他去市中心轉換心情的回程路上，想說買個衣服也好，便走進了購物中心。

他在那裡遇見了她。

是雪城愛理沙。

愛理沙和他沒見過的，看來像是國中生的女孩子在一起。

那個男人，高瀨川由弦……不在。

等他回過神來時，他已經過去搭話了。

「那、那個……妳是雪城同學吧。真巧啊。」

「……是小林同學嗎？真的很巧呢。」

愛理沙顯得有些驚訝。

祥太不知為何心中懷有罪惡感，辯解似的開口說道。

「我正好有事到這附近來。想說順便來看個衣服，隨便找個地方逛逛，就看到妳了。

呃，妳在逛街嗎？」

這一看就知道了吧。

祥太忍不住在心裡吐槽自己。

然而愛理沙不是很在意的樣子，淡然地回答。

「是啊。」

她的表情一如往常地平靜，冷淡。

可是……不知道為什麼感覺比之前更可愛了。

好想得到她。

想要她。

不想把她交給那個不過是有錢又帥的男人。

他強烈地這麼想。

「那個，雪城同學。」

「什麼事？」

「我聽說妳跟人訂了婚……」

他話一出口，愛理沙身上的氣氛就變了。

僅僅一瞬間，便冷的彷彿降到了零度以下……他有這種感覺。

眼睛有些不悅地上揚，眼神變得有如湖面般冰冷。

「你是從誰那裡聽說的？」

「咦？是……從大翔哥那裡。」

「……嘖。」

她嘖了一聲。

那個愛理沙居然會這樣一目了然地生氣咂舌啊。

「這件事情可以拜託你不要說出去嗎？會給由弦同學添麻煩的。」

「……妳果然是被威脅了吧。」

「……什麼？」

雖然不清楚是什麼狀況，不過應該是有人命令愛理沙不准把婚約的事說出去吧。祥太是這樣想的。

就是因為遭到脅迫，愛理沙才無法向人求助。

「妳是被迫訂婚的吧？大翔哥都跟我說了。妳是被那個叫做……高瀨川由弦的傢伙給威脅了吧？用錢和權力，硬是逼妳接受！那個，妳不介意的話，我願意幫忙……」

「你還真是想說什麼就說什麼呢。」

傳來了冷淡的聲音。

那是和愛理沙一起在逛街，看起來像是國中生的女孩子的聲音。

……他只顧著跟愛理沙說話，完全忘記了。

「妳是……」

「我是高瀨川彩弓，由弦的妹妹。我就直說了，我很不高興。」

藍眼睛的女孩——彩弓用沉穩的聲音邊說邊往前踏了一步。

儘管對方是比自己年幼的女孩……卻莫名地有魄力。

祥太不禁往後退了一點。

「你說我哥哥威脅愛理沙姊姊？你說這話是有什麼證據？」

「不、不是……因為策略聯姻這種事很奇怪吧！這是不對的！」

所謂的結婚應該是在彼此喜歡，彼此相愛的情況下進行的。

以金錢、利益，或是家族間的聯繫為由結婚或是訂婚實在太奇怪了。

以一般的想法來看，這樣做也一定是不對的。

我說的沒錯。

祥太在心裡這樣告訴自己。

另一邊的彩弓則是……

「我的父母就是基於策略聯姻結婚的。難道你想說我跟哥哥不該出生在這世上嗎？」

「不、不是，我沒有要說到那種程度……」

「結婚的理由，還有夫妻或情侶的形式是因人而異的。」

祥太下意識地說不出話來。

冷靜下來的話，或許能想到一、兩句話來反駁彩弓吧，可是他的腦袋一片空白，完全無法思考。

所以他才會脫口而出。

「雪城同學在家裡受到了虐待。」

在他這麼說的瞬間，愛理沙的眼神失去平靜地游移了一下。

這話說不定傷到了愛理沙……儘管這念頭閃過了他的腦海中，他仍停不下來地繼續說著。

「她是硬被逼著去訂婚的。拿去交換大筆的資金！這種事情太奇怪了吧！居然為了錢而結婚！」

「……」

彩弓有些驚訝地睜大了眼睛。

不過她的表情很快便冷靜下來。

「這有什麼好奇怪的？」
「不、不是啊……因、因為，這種事……」
「在財務方面援助熟識的親戚、朋友、交往對象，以及結婚對象的原生家庭，我想這是很常見的事吧。比較常見的例子就像是……要申請學貸，必須有連帶保證人吧。就跟那個一樣。」
「可是……」
總覺得這是在詭辯。
雖然祥太找不出彩弓的話是哪個部分不合理……可是他得反駁彩弓才行。
祥太拚命地找有什麼能說的話。
然而彩弓搶在他之前開口了。
「不管怎樣……高瀨川家要提供誰資金，是我們家的事。」
「不、不對……」
「哪裡不對了？」
「這、這種事……對、對了！這、這是買賣人口吧！」
把人、把愛理沙當作商品來買賣，這絕對不是可以被容許的行為。
祥太表示這是一種犯罪行為。
「哪裡算是了？」

「不、不是……因為，你們家在訂婚時付了錢……」
「哥哥和愛理沙姊姊的婚約，和我爸爸決定要貸款給天城直樹先生經營的公司，這完全是兩件事。」
簡直像是機械合成的人工語音。
彩弓這麼說。
她臉上不帶任何情緒，就只是機械性地說完這段話……卻讓祥太覺得非常可怕。
「唉，你要覺得這是在買賣人口是你的事……不過這是高瀨川家和天城家之間的問題。與你無關。」
「我、我可以去報警……」
「警察不會介入民事問題。警察沒有權限干涉高瀨川家和天城家的交易，或是哥哥和愛理沙姊姊的婚約……這是理所當然的事吧？」
彩弓有些瞧不起人地說。
警察那種東西根本沒什麼好怕的。
她的態度簡直像是在這麼說。
祥太想起來了。
高瀨川家在企業界和政治界具有莫大影響力的事。
祥太不禁有些退縮。

彩弓則是趁勝追擊似的追問祥太。

「追根究柢，你到底算是愛理沙姊姊的什麼人？」

「咦？不，我是……」

自己算是愛理沙的什麼人？

交往對象？這怎麼可能。

朋友？他們……也沒有熟識到這種程度。

「我、我是……雪城同學的鄰居，國中時的同班同學……」

「也就是無關的外人吧。」

外人。

沒錯……祥太是外人。

對愛理沙來說，他只是個外人。

「不、不對，我、我……雪城同學是……」

「明明只是個無關緊要的外人，請你不要來干涉別人的婚約。」

在那之後彩弓僅在一瞬間微微揚起了嘴角。

「還是說你要跟她結婚？如果事情真如你所言，愛理沙姊姊只是受了威脅，你就有機會

嘍？」

眼前開始天旋地轉。

分不清楚景色的遠近。
眼前一閃一閃的。
「不，我……」
他下意識地看向愛理沙。
只見愛理沙……
尷尬地別開了視線。
他知道。
他知道自己說的話很矛盾又沒邏輯。
他也知道愛理沙對他一點意思都沒有。
而且……他也知道愛理沙對高瀨川由弦有好感。
他的眼前一片黑。
他突然想逃走。
一轉身……
「啊……」
站在那裡的是有著深藍色眼睛的男人。
是高瀨川由弦。
他臉上掛著有點無奈的表情，可是又微微帶著怒氣，用平靜的語氣開口。

「彩弓，這是在吵什麼？」

※

「還是說你要跟她結婚？如果事情真如你所言，愛理沙姊姊只是受了威脅，你就有機會嘍？」

由弦小跑步靠近現場後，便聽到彩弓這麼說。

靠著這一句話，由弦大概掌握了現況。

看來是之前見過的那位叫小林的少年，對由弦和愛理沙的關係產生了一些誤會。

大概是認定由弦是靠著錢和權力，逼迫愛理沙和他交往吧。

所以才趁著由弦不在場的時候來找愛理沙。

並在過程中說了會惹怒彩弓的話。

彩弓對小林產生敵意，開口反駁……

然後在對話的途中發現小林喜歡愛理沙的事，才故意說了「還是說你要跟他結婚？」這種話。

由弦和彩弓都從父母那裡受過辯論的訓練，所以對於沒接受過這種訓練的人，在口頭爭論上是不會輸的。

要積極地提出自己的意見。

絕對不可以先低頭認錯。

雖然父母是這樣教他們的……

「彩弓，這是在吵什麼？」

由弦帶著責怪的語氣問彩弓。

彩弓似乎注意到了由弦有點生氣的事。

她一臉不滿的指著小林。

「這個人出言侮辱哥哥和愛理沙姊姊。所以我才反駁他。我有做錯事嗎？」

「妳也該看一下場合吧。」

由弦冷靜地反駁她。

彩弓聽完後便有些慌張地環視周遭。

不用說，既然吵成這樣，旁人的視線自然都聚集到了他們身上。

父母對他們的指導簡單來說就是「讓周遭的人知道自己是對的」，不過在購物中心做這件事倒是太超過了。

由弦先唸了彩弓之後，再重新轉身面對小林。

「好久不見了呢，小林同學。」

「咦？啊，是。」

由弦禮貌性地打了招呼後，只見他愣愣地點了頭。

由弦接著拿出手機對他說。

「我們交換一下聯絡方式吧？」

「咦？不、不是，你在說……」

「我想你應該有事想問我吧。」

對由弦來說，這次的事情也讓他有了要和小林談談的理由。

要是雙方都對彼此抱有奇怪的誤會就麻煩了。必須在這時候好好說清楚。

「你接下來也還有事吧？我們之後再找一天談談，怎麼樣？」

「可、可是……」

「我想你也需要一點時間來整理思緒吧？」

由弦用不由分說的態度追問他，他才不太情願地點了點頭。

他果然是沒什麼氣勢，容易隨波逐流的那種人。

他們交換了聯絡方式，就此道別。

小林逃跑似的離開了。

目送他離去之後，由弦轉向愛理沙和彩弓。

「妳們兩個都沒事吧？」

「啊，是的，我沒事。」

「嗯。啊～哥哥，你該不會……」
「我之後有話要跟妳說。」
「好～」
幸好他們在那之後順利地結束了約會購物的行程。

※

由弦連同事後的說教在內向彩弓問話，確認當時的狀況。
事情基本上就跟由弦所想的一樣。
關於愛理沙受到虐待等等的事情，由弦特別叮嚀彩弓不要說出去，然後和小林聯絡。
幸好他們雙方在隔天這個週日都有空。
由弦和小林約在離小林家最近的車站的咖啡廳。
兩人沉默地入座，點了咖啡。
咖啡送上桌之後……
由弦率先開口。
「我從彩弓那邊聽說了。」
「那、那個……」

「在你心中似乎認為是我威脅愛理沙，逼她和我交往的。」

「……對不起。」

看來他好像知道自己說了滿失禮的話。

……不過愛理沙被迫訂婚這件事是事實，他其實沒說錯就是了。

「我接受你的道歉。還有……那天彩弓說得太過分了點。關於這件事，請容我代替妹妹向你賠罪。」

因為小林已經先認錯了，所以由弦也道了歉。

彩弓最後那句話明顯是多餘的。

那麼，首先有件由弦必須弄清楚的事情。

婚約的事情是從哪裡洩露出去的。

雖然婚約的事情也不是什麼絕對不可洩露的重大祕密，只是不要外傳比較好而已……

可是由弦得弄清楚，不過是個普通人而且只是個外人的他是為什麼會知道婚約的事，而且還有了嚴重的誤解。

「是大翔哥……告訴我的。」

「原來如此。」

由弦想起了愛理沙對大翔的態度。

愛理沙不信任大翔……不過她的判斷顯然沒錯。

由弦不知道大翔是基於什麼原因才洩露這消息出去的，但他做了多餘的事。
由弦可不希望大翔明明不是當事人，卻隨便將足以左右由弦和愛理沙人生的重要情報洩露給無關的外人。
這是他應該要透過父親高瀨川和彌，正式向天城家提出抗議的事件吧。
……不過得到了錯誤消息的小林，以某方面來說也是受害者。
包含失戀在內，是有同情他的餘地在。
但話說回來……即使如此，由弦也絲毫沒有打算要原諒他讓愛理沙和彩弓暴露在危險下的事。
雖說無法原諒，但他也沒有辦法可以補償由弦他們，要是沒處理好，害得他惱羞成怒反而更麻煩，所以由弦決定嚥下對他的怒氣和不悅。
對他來說失去的東西或許沒什麼了不起的，但由弦這邊可不一樣。
由弦在此前提下，用明確的語氣開口說道。
「首先讓我把話說清楚，我沒有威脅愛理沙，強迫她跟我交往。因為真要說起來，我自己也不是很想訂下這個婚約。」
「真的嗎？」
「你覺得我看起來像那種人渣嗎？」
如果像那還真是遺憾。

由弦並未以好青年自居，可是他覺得自己的長相看起來應該不像壞人。

「不，可是……雪城同學不是長得很漂亮嗎？」

「就算她長得很漂亮，我也還是高中生啊。以一般常識而言，要決定將來還太早了吧。」

我的價值觀和你是一樣的喔。

由弦強調這一點。

這個說法似乎奏效了，小林的態度似乎漸漸軟化了下來。

「這樣啊……說的也是。」

「是啊。我和愛理沙都是因為配合家裡，才作為婚約對象和對方好好相處的。而且這婚約也還不是正式的婚約。所以……要是我們的關係就這樣沒有什麼進展，婚約就會自然消失了。」

關於假婚約這件事，既然無法信任他，就不能告訴他。

不過告訴他也沒什麼意義就是了。

「……不過，那個，作為訂婚的回報，你們家付了錢吧？」

「嚴格來說是貸款，是借錢給他們。而且還是非常龐大的數字。」

由弦說完後，把金額告訴了小林。

看來那金額遠超過他的預期。

「把這筆錢借出去的，是我爸……你覺得天底下有父母會為了兒子的感情事，花這麼大一筆錢嗎？」

當然要是由弦長得非常醜，而且年紀又大，不拿出這麼大一筆錢就找不到對象，那事情就另當別論了，可是……

由弦還很年輕，根本不需要著急。

這只是站在由弦父母的立場上來說就是了，不過愛理沙——沒有值得他們花這麼大一筆錢的價值吧。

「這樣你能理解了嗎？我爸貸款給他們家只是做生意的一環。所以貸款和婚約無關……高瀨川家並沒有付錢給天城當作訂婚的代價或是買下愛理沙的費用。」

由弦這樣說完後，小林便陷入了沉默。

還有什麼他無法接受的地方嗎？由弦在心中疑惑地想著。

就在由弦煩惱著該如何說明時……

「……歉。」

「嗯？」

「非常抱歉！」

小林說完後深深地低下頭。

這下連由弦都有些驚訝。

「我不像樣地嫉妒你，沒搞清楚就擅自曲解事實，行為失控……傷害了雪城同學和你妹妹……我真的非常抱歉。」

「不、不會……你抬起頭來吧。這一切都起因於不幸的誤解啊。」

嘴上這麼說，由弦心裡卻鬆了一口氣。

彩弓做錯的地方，就在於她把小林反駁得體無完膚。

那樣就算對方惱羞成怒也是無可奈何的事。

如果小林變成跟蹤狂，企圖危害愛理沙或彩弓，問題就大了。

尤其是愛理沙跟小林住得很近，特別危險。

由弦很擔心這件事。

不過小林的本性比他想像中的還要老實。

這是不幸中的大幸。

唉，也或許他就是因為這樣才會受騙吧。

「我也會跟大翔哥說……是他誤會了。」

「嗯……你能那麼做那就再好不過了。」

你說了那傢伙應該也不會相信吧~

由弦心裡雖然這麼想，但沒有說出口。

「那個，高瀨川同學。最後可以讓我問你一個問題嗎？」

「……什麼問題？」
「你喜歡雪城同學嗎？」
「……這問題我很難回答。」
由弦對愛理沙的感情，跟他以前和宗一郎跟聖聊起時，沒有太大不同。
也就是說雖然喜歡她，但不是想談戀愛的那種感情。
大概是這樣。
「這樣啊。」
由弦給了他一個模稜兩可的答覆，可是小林看起來接受了這個答案。
「我認為高瀨川同學很適合雪城同學。」
「你……」
「我就算了吧。我……不是配得上雪城同學的男人，不管怎樣都是。」
不管由弦和愛理沙是不是情侶。
自己的初戀都不可能開花結果。
小林斬釘截鐵地這麼說。
「雪城同學……待在高瀨川同學身旁時，是她看起來最幸福的時候……多虧高瀨川同學，我終於能夠做個了斷了。謝謝你。」
他說完之後，就把咖啡錢留在桌子上離開了。

留下由弦一個人在店裡。
「看起來最幸福啊……」
由弦仰頭看著天花板，喃喃自語著。

※

十二月上旬。
之前考的高難度模擬考和第三次全國模擬考，這兩場模擬考的成績發下來了。
這週的週六。
由弦和愛理沙分別看著各自的成績單嘆氣。
「又考輸了呢……輸給了亞夜香同學。」
「是啊……那傢伙真的很誇張耶。」
由弦和愛理沙都輸給了亞夜香。
也就是說校內排名第一的是亞夜香，由弦和愛理沙分別是第二名和第三名。
愛理沙瞪著由弦。
「應該說由弦同學你也很奇怪啊……特別是英文。」
「唉，因為我本來就還滿會說英文的。我爸跟爺爺有教過我。」

由弦的祖父是混了美國人血統的混血兒。
所以英文講得非常流利。
而被這樣的祖父養大的父親，當然也會說英文。
由於有這樣的家族背景，所以由弦會說英文這要說是必然也確實是必然。
當然因為這畢竟不是母語，長輩們還是多少會說錯。
但由弦還是比其他日本人更常接觸英文，所以在學習上占有不少優勢。
「真好……我的英文念得不太好。」
「看來是這樣沒錯。」
愛理沙雖然在念英文上特別用心，英文的成績卻不甚理想。
也就是說英文是她不擅長的科目。
「雖然我外表長成這樣。」
「……嗯，妳一副很會說英文的樣子。」
日本人總是認為白人都會說英文。
愛理沙由於一看就有白人血統，所以看起來就很擅長英文。
「我是俄國和法國和日本的混血兒，所以根本沒有半點英文的要素在。真要說起來，我是在日本出生，日本長大的，對我有這方面的期待我也很困擾。」
「這只能說請妳節哀順變了。」

因為由弦是不說沒人會知道的那種混血兒，所以沒有這層煩惱。

以這個意義上來說，他算是相當幸運的吧。

「……是說愛理沙。」

「什麼事？」

「……妳平安夜那天有什麼活動嗎？」

由弦的高中在十二月二十四日會舉辦結業式。

由於結業式本身在中午前就會結束了……

要是愛理沙個人沒有什麼行程，兩人是可以一起度過平安夜的。

「沒什麼活動。不過……說得也是。如果訂了婚，一般來說……會一起過吧。」

愛理沙臉頰微微泛紅地說道。

那表情看起來簡直就像……她對由弦有意思。

由弦的心臟噗通作響。

自從那天和小林談過之後，他就莫名在意愛理沙。

由弦搖搖頭，甩去心中的雜念。

「那我就以我們會一起過來安排嘍？」

「好的，我很樂意。」

愛理沙說完後微微一笑。

那是非常可愛、漂亮的笑容。

假設沒有「婚約」在身，愛理沙也會這樣回答他嗎？

由弦的腦海中閃過這個想法。

「那麼地點要選哪裡？要去約會嗎？像是常見的遊樂園之類的。」

「遊樂園啊……感覺會有很多人。」

「唉，是啊。」

在人多的地方感覺不太能悠哉地約會。

「畢竟這本來是要和重要的人一起好好共度的日子，我們在家裡吃飯吧。」

「說得也是……」

重要的人。

這說法讓由弦一瞬間有些在意。

「可是在家裡吃飯的話，會造成妳的負擔……」

「你不用在意……我想讓由弦同學吃我做的菜。」

心臟又噗通地跳了一下。

由弦下意識地從愛理沙美麗的眼睛上別開了視線。

「嗯，既然妳都這麼說了，我就不客氣了。」

「……話說回來，由弦同學。」

愛理沙忽然用感覺有些認真的語氣叫了由弦的名字。
不停眨著翡翠色的眼睛。
「什麼事？」
「你喜歡什麼顏色？那個……我是指在服裝方面上。」
為什麼忽然問這個？
由弦雖然瞬間冒出了這樣的疑問……但他馬上就想通了。
想必是聖誕禮物吧。
看來愛理沙似乎又打算動手做些什麼送他。
「這個嘛……飾品類的話，我喜歡比較亮眼的東西吧。像是妳送我的這個。」
由弦邊說邊把愛理沙之前做來送給由弦的皮製手環秀給她看。
他今天也有好好地把手環跟手錶一起戴在身上。
因為顏色還滿亮眼的，所以就算跟手錶戴在一起也毫不遜色。
愛理沙害羞地垂下眼。
「不過衣服之類的……我比較喜歡沉穩一點的顏色吧。」
「沉穩一點的顏色嗎？」
「是啊……是說妳為什麼問這個？」
由弦半是惡作劇地詢問愛理沙。

接著愛理沙便用力地搖頭跟揮手。
「沒、沒事！我只是好奇而已！」
嘴上這樣否認的愛理沙……
非常可愛。
由弦忍不住把手伸向愛理沙的頭。
愛理沙也沒有撥開他的手，接受了他的動作。
由弦用手梳著那輕柔飄逸、清澈透亮的美麗亞麻色頭髮。
愛理沙舒服地瞇細了眼。
「由弦同學你很壞心眼耶。」
「怎麼說？」
「你發現了吧？」
「但是我猜不出是什麼喔。」
「……敬請期待。」
「嗯，我會期待的。」
兩人就維持著這種氣氛，共度了一段時光。

※

結業式在中午前結束了。
愛理沙那天沒先回家，就直接去了由弦家。
兩人都換上了便服，在附近的咖啡廳簡單解決了午餐。
在那之後認真地開始做起過聖誕節的準備。
食材的部分，由弦已經在事前買好了指定的材料，只要料理就可以了。
「那麼由弦同學，我去下廚，裝飾就拜託你了。」
「嗯，交給我吧。」
平常由弦是不會在家做聖誕節的裝飾的，可是今天是和愛理沙共度的日子。
這麼一想，他便很不可思議的自然湧出了幹勁。
而就在由弦裝飾好家裡之際……
空氣飄來了美味的香氣。
「由弦同學，我煮好了。你可以來幫忙端菜嗎？」
「好，我知道了。」
法國麵包。
酪梨鮮蝦花圈沙拉。

紅酒燉牛肉。
烤雞。
炸雞。
薯條。
聖誕蛋糕。

以上是今天的菜色。
順帶一提，除了從麵包店買回的法國麵包之外，其他全是愛理沙做的。
「那我們來乾杯吧。」
由弦從冰箱裡拿出了瓶裝飲料。
裡面的液體清澈透明，裡頭可以看見碳酸的氣泡。
「我很在意那瓶飲料……那該不會是香檳吧？」
「如果我說是，愛理沙妳打算怎麼辦？」
由弦半開玩笑地問她……愛理沙想了一下之後回答道。
「……不行。明明還未成年卻喝酒，我會罵由弦同學的。」
「妳還真嚴厲耶……不過放心吧，這是果汁。」
那是做成香檳風味的蘋果汁。

也就是無酒精飲料。

……其實由弦在聖誕節或跨年親戚聚會的時候是會普通地喝一點酒，不過這次他很自制。

因為他覺得愛理沙應該會生氣。

「嗯，看在氣氛上，妳就陪我喝一口吧。如果不喜歡，剩下的可以不用喝，我有準備其他的飲料。」

「這樣啊，我知道了。畢竟難得過節嘛。」

由弦拿出香檳杯，把果汁倒入杯中。

然後和愛理沙一起舉起香檳杯。

「那麼，乾杯。」

「乾杯。」

他們輕輕地讓杯子碰在一起。

然後喝下一口果汁。

由於這果汁也只有視覺效果上像香檳，味道和香檳不一樣。

可是喝起來口感清爽，是很好喝的果汁。

「妳覺得怎麼樣？愛理沙。」

「我可能還滿喜歡這個的。」

愛理沙這麼說完後微微一笑，喝了一口果汁給他看。
儘管那不是真正的酒，愛理沙的肌膚還是稍微紅了起來，變得有些誘人。
「那麼難得妳都下廚準備了……我來吃吃看吧。」
「好的，請用。」
由弦心想著總之先從前菜開始，將手伸向了花圈沙拉。
沙拉的擺盤像是聖誕花圈一樣，非常漂亮……
「嗯，很好吃耶。愛理沙做的沙拉醬比市面上賣的更好吃。」
「謝謝。我是配合沙拉用的蔬菜來做的。」
「真不愧是妳。」
由弦這麼誇獎她後，愛理沙的臉便有些害羞地紅了起來。
然後搔了搔臉頰。
感覺非常可愛。
他接著吃了紅酒燉牛肉。
一將肉放入口中，肉便在嘴裡化了開來。
「這個牛肉好軟喔。」
「因為我燉了很久……平常因為太花時間了所以沒辦法做，但這是我的拿手菜。」
愛理沙有些得意地說道。

畢竟是拿手菜，好吃得不得了。
而其他的料理也都非常美味。
不過比起這些，他更覺得……
「真開心。」
「謝謝……能聽到你這樣讚美，也不枉費我下廚做這些菜了。」
「……不是，雖然愛理沙做的菜是很好吃沒錯。」
聽由弦這樣說，愛理沙有些疑惑地歪著頭。
美麗的亞麻色頭髮微微晃動。
綠寶石般的眼睛直直地盯著由弦。
「怎麼了嗎？」
「……我覺得跟妳在一起果然很開心。」
愛理沙的料理不用說，非常好吃。
不過更勝於此的是。
和愛理沙一起吃的飯很好吃。
「唉……那個，該怎麼說。雖然這種話特地說出口，感覺不太好意思。」
由弦搔了搔臉頰。
他感覺到自己的臉熱了起來。

「今天謝謝妳來跟我一起過節。我真的很開心……明年妳也願意來跟我一起過節嗎？」
「好、好啊……我很樂意。」
愛理沙很害羞，可是非常明確地點頭答應了。
由弦總覺得自己的心情有些飄飄然。
如果是現在，他覺得自己應該可以說出因為害羞而說不出口的話。
「愛理沙。」
「……什麼事？」
「……那個，今後妳也願意繼續為我做飯嗎？」
由弦說完後，愛理沙的表情僵住了。
接著稍微慢了半拍，臉像是煮熟的章魚一樣整個紅了起來。
「……愛理沙？」
由弦開口叫了沉默不語的愛理沙。
愛理沙這才像是回過神來，挺直了背脊。
「好、好的！那、那個，我很樂意！」
然後愛理沙便握住了由弦的手。
由弦不禁愣住了。
「啊，不是……對不起！」

回過神來的愛理沙依然滿臉通紅，急忙放開了由弦的手。
然後清了清喉嚨。
「那個，我們也吃完飯了……要不要來交換禮物？」
「說得也是。」
由弦也正覺得有些不好意思。
正好可以來轉換一下心情。
先從愛理沙開始。
她從自己包包裡拿出了包裝得很漂亮的包裹。
「那個，由弦同學……這是我送你的聖誕禮物。」
「喔，謝謝妳……我可以打開嗎？」
「可以。」
由弦慎重地拆開包裝紙。
從裡頭出現的是……
「是圍巾啊。」
那是用灰色的毛線編成，手工製的保暖配件。
上面用金色的刺繡繡了由弦名字的羅馬拼音「ＹＵＺＵＲＵ」。
感覺非常保暖。

色調也很沉穩，不管要搭配什麼衣服都可以。

更重要的是……可以感受到愛理沙的心意。

「謝謝妳，愛理沙。難得妳都送我了，我就從今天開始用它吧。」

雖然這麼說，但現在圍上也只會礙事，所以由弦細心地摺好後，將圍巾放在地上。

然後由弦也拿出了要給愛理沙的禮物。

他把藍綠色的紙袋遞給愛理沙。

「這、這個是……那個，我可以打開嗎？」

「請便。」

愛理沙有些緊張地打開了紙袋。

然後打開了放在裡頭的藍綠色珠寶盒。

「這畢竟是我挑的，我不知道這設計妳會不會喜歡……怎麼樣？」

愛理沙雪白的手顫抖著，拿起了項鍊。

那是一條玫瑰金色的項鍊。

因為送太貴的東西感覺愛理沙會不敢收下，所以這絕對不是什麼昂貴的項鍊……但品質是好的。

「這、這樣好嗎？那個，跟我的禮物相比……」

「因為愛理沙平常就會幫我做便當和晚餐啊……這完全是我打工的薪水能買得起的東

西，所以妳放心吧。」

由弦這麼回答後，愛理沙用雙手握住項鍊，緊貼在自己的胸前。

然後用有些濕潤的眼睛凝視著由弦。

「我會好好珍惜的……那個，我可以現在就戴上嗎？」

「戴給我看看吧。」

聽由弦這麼說，愛理沙點點頭，將項鍊戴到了她漂亮的脖子上。

如同由弦所預期的……那條項鍊非常適合她。

這讓她看起來又更亮眼了。

「怎麼樣？」

「很漂亮喔……我就覺得這一定很適合妳。」

「……謝謝你。」

愛理沙開心地笑了。

看到愛理沙幸福的樣子，由弦打從心底覺得自己挑了這條項鍊真是太好了。

※

由弦決定一路送愛理沙回到家。

兩人手牽著手，走在夜路上。

開心的時間一下子就過了。

他們已經走到了愛理沙家旁邊。

「由弦同學，今天……謝謝你。這會是我一生的回憶。」

「說一生太誇張了吧。」

由弦這樣說完後……

愛理沙用力搖了搖頭。

「這一點都不誇張……我真的很久沒有度過這麼開心的平安夜了。多虧由弦同學，我覺得自己……可能喜歡上冬天了。」

「因為我跟妳約好了，會努力讓妳喜歡上冬天啊。」

不過……

從途中開始，由弦覺得自己就是為了期待而行動的。

愛理沙會因此開心嗎？會露出笑容嗎……他發現這成了他的生存意義。

「冬天還會繼續下去呢……妳好好期待吧。」

「當然好。和由弦同學在一起的話，就算是冬天……不管是春天、夏天還是秋天，全都很開心。」

她說了讓人聽了非常高興的話。

有一股很深的感觸湧上心頭。

「我也一樣……愛理沙。和妳在一起，不管做什麼都很開心。」

由弦把自己最直接的心情告訴了愛理沙。

可以的話……他想一直跟她在一起。

他不想和她分開。

可是……他們已經來到了她家前面。

「由弦同學，那麼……我就進門了。」

「嗯，晚安，愛理沙。」

「晚安。」

兩人開口道別。

愛理沙緩緩地轉身背對由弦，打算往內走……

「等一下。」

由弦回過神來時，發現自己已經叫住了愛理沙。

愛理沙轉身……疑惑地歪著頭。

「怎麼了嗎？」

「……」

由弦也不太清楚自己為什麼要叫住愛理沙。

不過……那應該是因為他不想和她分開吧。
因為想跟她待在一起，所以才叫住她。
可是在這個寒冬中，他也不好一直拖著她不讓她進門。
所以……
「那個，愛理沙。」
「嗯。」
「我有個請求。」
「是什麼請求？」
「……我可以抱妳嗎？」
他想多感受一下她的肌膚。
在分開之前，將那份溫暖與柔軟刻劃進自己的身體裡。
面對由弦的請求，愛理沙有一瞬間驚訝地睜大了眼。
不過她馬上就瞇細了翡翠色的眼睛。
溫柔地微笑。
肌膚染上了薔薇色。
「可以喔。」
愛理沙這麼說，張開了雙手。

由弦有如受到吸引似的靠近她……大大地張開了雙手，抱住了她。
好溫暖。
好柔軟。
從她美麗的亞麻色頭髮上傳來非常好聞的香味。
噗通噗通地，全身上下的血流都加速了起來。
「可以了。愛理沙。」
「……這樣啊。」
由弦硬是壓下了捨不得的心情，放開了愛理沙。
她的臉……紅透了。
由弦也一樣吧。
「那麼，下次見了。」
「嗯，下次見。」
由弦確實地看著愛理沙踏進家門。
接著才轉身，走在夜路上。
他抬頭仰望天空，星星閃閃發光。
他不禁嘆了口氣。
「真傷腦筋啊……」

接著，由弦用雙手抓住了愛理沙送給他的圍巾。
身體上還殘留著愛理沙的體溫。
他……想要愛理沙。
想要徹底占有她。
想要獨占她。
無論是她做的菜、圍巾、愛情、笑容、生氣的表情、害羞的表情、哭泣的表情、她美麗的眼睛、豐潤的嘴唇、纖細的頭髮、如白瓷般的肌膚、柔軟的身體，還有藏在衣服下的部分……
他想要將她的一切占為己有。
他不想讓其他男人奪走任何一樣東西。
所以……
「對不起，愛理沙……我已經決定了。我絕對，不管要用什麼手段，都要得到妳。」
由弦靜靜地如此宣言。

※

有兩個人坐在某間酒吧的吧檯。

一位是有著藍色眼睛和黑髮，感覺脾氣很溫和的男性。

高瀨川和彌。

他是由弦的父親，同時也是高瀨川家的現任當家。

另一位是有著琥珀色眼睛和黑髮，感覺很難相處的男性。

橘虎之助。

他是亞夜香的叔父，橘家的現任當家（本人堅稱是「代理」）。

兩人的手邊是空空如也的酒杯。

看來他們已經喝了不少酒。

「這麼說來，我可是聽到風聲囉，和彌。」

虎之助熟稔地用名字來叫和彌。

就像由弦和亞夜香交情不錯那樣，這兩人的交情也不錯。

是在私人場合碰面時，會互相用名字來稱呼對方的程度。

「哦，風聲啊。那是……好的傳聞吧？該說是我平日的行為帶來的成果嗎？」

「或許真的是你平日的行為帶來的成果吧。不過……我聽到的是不好的傳聞。」

酒保默默地將調酒放在吧檯上。

虎之助跟和彌拿起玻璃杯，喝了一口。

「說高瀨川用錢買女人。」

「……呵呵。」

對於虎之助這句話，和彌沒有承認也沒有否認。

可是他微微瞇細了眼。

看和彌這樣的反應，虎之助儘管語氣中帶著輕視，仍唯有眼睛帶著笑意地責怪他。

「想要我幫忙，就把女兒交出來啊。高瀨川家（你們）的手段還是一樣骯髒呢。」

「你這話也說得太難聽了吧……順序反過來了啊。我是為了援助兒子喜歡的對象家，才會貸款給對方的。這點我希望你別誤會了。」

接著和彌輕輕地用手晃了晃裝有調酒的玻璃杯。

「而且不管這樁婚事進行得順不順利……我都打算繼續和天城直樹做生意。」

「哦……」

「他擁有我們家族沒有的東西……我還不想成為落後時代的一族啊。」

做為一間公司的經營者，天城直樹的能力有待商榷。

不過他身為技術人員的能力，和彌倒是很看好。

所以和彌才會和他的公司有商務往來，也認同他的女兒成為兒子的未婚妻。

「或許是因為我是他父親才會這樣覺得，但我認為由弦身為一個男人是及格的。所以我並不煩惱他的結婚對象。沒有理由要為了這件事花錢。你懂吧？」

重要的是生意，是錢。

他會援助天城直樹，是認為這樣做將來會為高瀨川家帶來很大的利益回饋。

絕對不是「購買」愛理沙的費用。

高瀨川家不是會做出買賣人口這種事情的家族。

和彌一邊喝酒一邊如此主張。

「不如說就是因為這樣吧？」

「……你想說什麼？虎之助。」

「你就是不想讓搖錢樹跑到其他地方去，才硬是要對方送人質過來吧？」

「你這話說得還真難聽耶。」

和彌拿起一塊酒吧招待來當下酒菜的巧克力。

「我想要的是『信賴的證明』。而這也是我給對方的『信賴的證明』，是雙方協議之下的結果。天城直樹也很樂意和我們結為親家，因為這對我們兩家來說都有好處。」

既然已經提供了高額貸款，要是對方溜掉，損失就大了。

對天城家而言，也希望能避免發生高瀨川家奪走他們的技術和知識後便拋棄天城家的事情。

正因為如此，天城家和高瀨川家才會交出雙方重要的孩子。

也就是說經濟方面的利益——投資、貸款給天城家——不是主要的目的，政治上的利益——對外表明高瀨川家將天城直樹納入旗下了——才是主要的目的。

儘管和彌這樣對虎之助說明……

「你這是詭辯。考慮一下你們雙方的權力關係吧。你還是老樣子，只有那張嘴很會講。」

「唉……我都已經說這麼多了，你還無法理解啊。像橘家這樣的守財奴，搞不懂我們這兩家充滿人情味的互動嗎？」

實際上，由弦和愛理沙的婚約對天城直樹來說簡直是求之不得的事。

因為這就表示高瀨川家有多重視天城家。

不過……兩家的權力關係可說是一目了然。

就算他們都雙方能接受這樣的安排，仍會有像虎之助這樣——雖然他只是在調侃和彌，不是認真的——認為是高瀨川家用錢和權力威脅天城家的人。

不過這種事就任那些人去說吧。

高瀨川家本來就有不少敵人。

要跟這世上所有人交好是不可能的事。

所以只能劃清界線，不去介意這些事。

「不過有件事我有點在意啊。」

「嗯？你對哪一點有疑問？」

「你為什麼選了和天城沒有血緣關係的女兒？天城家還有一個女兒吧，也有兒子。」

天城直樹除了雪城愛理沙之外，還有一對有血緣關係的兒女。
無論是當成人質，還是「信賴的證明」……
比起沒有血緣關係的兒女，有血緣關係的更有效果。
「這件事我就只在這裡跟你說。」
「嗯。」
「一開始其實是預定要跟天城的……有血緣關係的女兒訂婚的。」
以高瀨川家的立場而言，問他們比較想要有血緣關係還是沒血緣關係的，那當然是想要有血緣關係的那一個。
而對天城家而言，派沒有血緣關係的孩子出來……這行為對高瀨川家實在太失禮了。
所以選擇有血緣關係的女兒是相當合理的結論。
「只是她才小學六年級……由弦一定會反對的。」
「嗯，確實是這樣。」
「對吧？所以我本來是想過些時候再說的。」
具體來說是等到大約四年後。
原本的計畫是要等天城的女兒十五歲，由弦十九歲的時候再讓他們認識。
「而且我是不覺得無論如何都要找有血緣關係的那一個啦。」
和彌不覺得有必要讓由弦和天城的女兒——天城芽衣——結婚。

至少他不認為有逼兒子這麼做的價值。

「我也不想因此和兒子吵架啊。」

「嗯，也是……畢竟不知道什麼事會成為引發家族內鬥的原因。」

虎之助誇張地點頭同意。

自古以來，巨大組織的崩解就不是從外側，而是從內部開始的。

「嗯，那麼……是什麼讓你急著這麼做的？」

「……我是不急。急的是……我爸。」

「高瀨川家的老爺子嗎？」

虎之助有些疑惑。

高瀨川家的前任當家，由弦的祖父，也就是和彌的父親絕對不是愚笨的人。

他的行動必定有什麼合理的理由。

虎之助不覺得他會毫無理由地催由弦結婚。

「有什麼重要的意圖嗎？」

「……對於來日無多的老人而言，想要看到可愛孫子的孫媳婦跟曾孫，一定是比地球的未來更重要的事情吧。」

「……」

必定有什麼合理的理由。

然而……那對和彌，對整個高瀨川家來說是不是合理，又是另一個問題了。
「老爺子過去的好眼光，也因為想看曾孫而黯淡無光了啊。」
虎之助低聲說道。
然後又開口問了和彌。
「老爺子想看曾孫這點我明白了。可是……結果是為什麼選了沒有血緣關係的那一個？」
對於這個問題，和彌沒有馬上回答……
他緩緩地將調酒含入口中。
然後用由於酒精而微微泛紅的臉說了。
「是因為我兒子的戀情。」
「……啥？」
這傢伙是在說什麼啊？
虎之助完全搞不懂。
和彌開口向一頭霧水的虎之助說明。
「本來啊，我就知道由弦和愛理沙小姐……也就是天城家沒有血緣關係的那個女兒是同班同學。」
「嗯……所以呢？」

「我們跟由弦提起相親的事情之後啊……他說了『我只要跟金髮碧眼的美少女訂婚！』這種話啊。」

「……」

雪城愛理沙的髮色接近金色，眼睛的顏色也很接近藍色。

最重要的是她是個美少女。

而跟她同班的由弦說了「我要找金髮碧眼的對象」。

這就表示……

「這下我也知道兒子為什麼會排斥相親了，因為他早就有喜歡的人。」

說他這根本就是在說愛理沙也不為過。

由弦宣稱「如果對象不是雪城愛理沙，我就不結婚」。

……不過這是和彌誤會了。

由弦雖然知道「天城」這個名字……

可是當時高瀨川家和天城家有接觸的事情並沒有讓由弦知道，再加上由弦也沒想到「雪城」愛理沙是天城家的人。

而由弦腦中的名門世家列表裡面沒有「雪城」。

他只把愛理沙視為「長得漂亮，較為富裕的一般家庭出身的女孩」，根本沒想到她會來相親。

「可是要說她是金髮碧眼……也不是不行，不過還是有些微的差異吧？」

虎之助回想起造訪橘家宅邸的愛理沙的容貌後這麼說。

愛理沙的髮色有些人會說是「褐色」，有些人會說是「金色」吧。

也就是說無法斷定為金髮。

再加上眼睛不是藍色，而是綠色……不過依據光線變化，也有可能會顯得像藍色。

「他是怕羞才稍微扭曲了事實吧。不怕羞的話，應該就會直接說出對方的名字了。」

「……是這樣嗎？」

「就是這樣。」

儘管虎之助依舊疑惑地歪著頭，不太能接受這個說法，可是和彌點頭點得實在太充滿自信，硬是讓他接受了這個說法。

「……嗯，就當作是這樣吧。可是你不介意對方是沒有血緣關係的那位嗎？」

「只要這樣能聯繫起我們兩家就好。我沒道理要拘泥於血緣。」

高瀨川家和天城家的婚事，是為了強化兩家的關係而訂下的……相反的，沒有除此之外的意義在。

所以沒有非得拘泥於直系血親的必要性。

不過要是雪城愛理沙沒在嫁進他們家之前完成正式的領養手續，變成天城愛理沙，高瀨川家就會有些傷腦筋了。

不過那等雙方訂下正式婚約後再處理就可以了。

現在還只是暫時性的。

無須著急。

「是說天城直樹那邊又是怎麼想的？對他來說……讓自己的親女兒嫁進你們家比較好吧？」

既然要強化兩家的關係，一般都會想讓親女兒來聯姻吧。

高瀨川家是國內屈指可數的名門世家。

有血緣關係的女兒，和沒有血緣關係的女兒……

一般都會比較疼前者，想幫前者找個好人家才對。

「他很高興喔。說如果是高瀨川家，他就放心了。」

「嗯……是比較疼親女兒，所以不想讓她嫁出去嗎？」

「天曉得……這點只有他知道了。」

和彌聳聳肩。

他沒有太深入地去了解天城家的家庭環境。

不，應該說他沒興趣。

對和彌來說，愛理沙在家中的地位不是那麼重要的事。

他唯一有興趣的是天城家的下任當家……

不過這也影響不了大局。

要是天城家的繼承人很有能力，那就繼續維持兩家的關係。

若是沒有能力，也只要利用愛理沙將天城家奪過來就好了。

冷靜、無情、冷血。

這就是高瀨川和彌，不，是世間對高瀨川家一族的評價。

「最重要的當事人狀況又怎麼樣？天城家的女兒……是叫雪城愛理沙嗎？她要是討厭你兒子就沒戲唱了吧。」

「是啊。畢竟我也希望能迎接一位愛著我兒子的女性成為家人。」

和彌不排斥策略聯姻。

不如說他對此抱持著積極正面的態度。

然而他並不想強迫兒女聯姻。

要是家族內部起了紛爭，會造成莫大的損失。

他不想埋下爭執的火種。

要是雪城愛理沙打從心底討厭由弦……

那就只能放棄了吧。

但是……

「在我眼中看來，他們兩個是郎有情，妹有意喔。我是很希望他們兩個能結婚……讓我看看可愛的孫子啊。」

「你也很中意她啊？」

「當然。她個性跟容貌都很好，腦筋也不錯，又很擅長下廚，也能在背後支持由弦。以要嫁進高賴川家的媳婦而言，是最好的人選。」

和彌心情相當愉悅地這麼說。

接著可能是因為有些醉了吧……他開始說些不該說的話了。

「她感覺能幫我們家生個很有活力的孩子呢。」

「你不想被媳婦討厭的話，可別當著人家的面說這話喔？」

「我知道啦。可是孫子可愛那是再好不過了吧？孫子，孫子啊……我們也快要當爺爺了啊……」

「孫子啊。我這連孩子都沒有的人對這事沒興趣。」

虎之助哼了一聲。

他沒有結婚，也沒有小孩。

不過……有他過世的哥哥的女兒亞夜香在，所以不用擔心橘家絕後。

「你有可愛的姪女在吧……這麼說來，狀況怎麼樣了？亞夜香小姐和上西家的女兒，還有宗一郎……」

「唉……別問我。」

「看你這樣子，顯然那邊一團亂的狀況還沒處理好啊。」

相對於一臉疲憊不堪的虎之助，和彌的心情非常好。

想必是因為由弦和愛理沙的關係感覺會進展得很順利，讓他覺得可以暫時先放下肩頭上的重擔了吧。

「這件事和高瀨川家也不是沒有關係。要是你兒子聽話點，和上西家訂婚，那事情就簡單多了。」

「我剛剛不是才說了不能勉強他嗎？修復和上西家的關係這件事，就把期望放在由弦的孩子身上吧。」

「哼，就想順著你的意。」

「你才是只想順著你的意吧？不管兒子女兒，你要是有孩子，亞夜香就能嫁出去了。不管是佐竹家還是我們家，其他家也行。雖然事到如今說這個也沒意思就是了。」

「橘家的繼承人是亞夜香。」

「你也還真頑固啊……」

「隨你去說。」

兩人就這樣一邊閒聊，一邊喝著酒。

然後……虎之助忽然開口問和彌。

「是說啊……要是由弦跟雪城愛理沙的關係惡化了怎麼辦？」

「那就是取消婚約了……畢竟強迫他們也不會有什麼好結果。」

和彌一副這也無可奈何的樣子，聳了聳肩。

兒子失戀了是很可憐，不過這也是人生的經驗之一。

如果是兒子對愛理沙沒興趣了，那也無所謂。

乍看之下感情很好的男女，隔天忽然鬧翻也不是什麼天方夜譚。

對高瀨川和彌來說，雪城愛理沙是個想換就能換掉的人。

失去了也不會覺得可惜。

「那麼……」

虎之助問他。

「要是天城直樹那邊說要改成讓親女兒嫁過來，你會怎麼辦？」

對於這個問題，和彌輕聲笑了笑回答道。

「歡迎之至。對我來說，是哪個都無所謂……不，親女兒還比較方便。」

番外篇　留宿的時候，要是雷雨再下得更大一點

「……這雨下得還真大啊。」

「真傷腦筋呢。」

由弦和愛理沙雙雙抬頭看向天空。

兩人到超市買了做松茸料理所需要的材料，到這裡為止都沒問題，可是……在他們走出超市時，外頭下起了大雨。

在他們離開華廈前，天空還只是有些陰陰的而已。

「雖然我是有帶折傘出來啦。」

「不過看這雨勢，撐折傘感覺好像沒什麼意義呢……」

所謂的傾盆大雨就是在形容這種雨勢吧。

折傘恐怕是派不上用場。

「……怎麼辦？」

「妳問我怎麼辦，這我也……也不知道雨什麼時候才會停……沒辦法了。」

「嗯，這……你說得也沒錯。」

基本上他們也是有「叫計程車」這個手段。
可是從華廈到超市了不起也就十分鐘左右的距離。
在這麼近的距離下叫計程車感覺很蠢，更重要的是由弦手頭上也沒那麼寬裕。
父母給他的生活費也是有限的。
「我們用跑的回去吧。」
「也是。」
結論只有一個。

「不是……這雨真的下得很大耶……」
「很久沒有下這麼大的雨了……」
總算是跑回了華廈房間前的兩人氣喘吁吁，意見一致地說道。
兩個人都像是穿著衣服走進了泳池一樣，渾身都濕透了。
他們宛如在擰抹布似的擰乾衣服，脫了襪子之後才走進屋內。
然後由弦拿了一條毛巾給愛理沙。
「來，毛巾。」
「謝謝。」
愛理沙用拿到的毛巾開始擦起吸滿了雨水的淺色棕髮。

（……是白色的啊。）

另一邊的由弦則是邊擦頭髮邊想著這種事。

白色。

這不用問也知道，是指愛理沙內衣的顏色。

今天愛理沙的打扮是白色上衣外面搭配薄外套……然而那件白色上衣吸飽了水分，貼在愛理沙的肌膚上。

雪白清透的美麗肌膚和清純潔白的內衣清楚地從衣服底下透了出來。

看到熟識的女性朋友這個模樣，他的心跳無法控制地加速起來。

（……不，這樣不好。）

由弦回過神來，轉身背對愛理沙。

一方面是對愛理沙很失禮，再來就是他覺得一直讓這景象留在他的視線範圍內，會不斷消磨掉他的理性。

「……怎麼了嗎？」

愛理沙則是沒發現自己的樣子讓男性友人產生了奇怪的感覺。

她對忽然轉身背對自己的由弦拋出疑問。

「沒、沒有……」

由弦不禁支支吾吾起來。

回答說沒有什麼原因也很不自然，可是他該指出愛理沙的內衣透出來了嗎？

「……你是怎麼了？有什麼……啊。」

看向自己胸口的愛理沙小聲地驚呼了一聲。

愛理沙的肌膚立刻泛起一片紅。

「對、對不起。」

愛理沙道歉後反射性地轉身背對由弦。

兩人現在維持著背對背的姿勢。

「呃，那個……你看到了嗎？」

愛理沙戰戰兢兢地，用疑惑的語氣問由弦。

當然她不用問也知道答案是什麼。

因為由弦就是看到了、發現了才會轉身背對她的。

「這，呃……嗯，一點點。」

由弦也不能說謊，只好做這種曖昧不清的答覆。

實際上根本不只一點點，他很清楚地看到了……不過這也要看每個人對「一點點」的定義是怎樣。

「對不起。」

由弦道歉後，愛理沙有些慌張地說道。

「不、不會……這畢竟是意外……是我太不小心了。」
愛理沙可能是思緒有些混亂了吧……
「那個，抱歉讓你看到這麼不像樣的東西了。」
說出了奇怪的話。
相對的，同樣混亂的由弦也……
「不、不會……也沒有什麼不像樣的。」
做出了奇怪的回答。
「這、這個……是表示還不錯嗎？」
「咦？不，呃……嗯……很漂亮喔。」
面對愛理沙的提問，由弦老實地說出了自己的感想。
然後兩人都在心裡後悔地想著「我在說什麼啊」。
現場只剩下一片不自然的沉默。實在尷尬。

在那之後兩人想辦法重新開啟話題，討論接下來的打算。
首先是由弦會借愛理沙他的運動服跟上衣給她換下濕衣服。
再來就是邊吃晚餐邊等雨停。畢竟也不好讓愛理沙冒著大雨回去。
可是……在那之後，風雨又變得更大，甚至開始打雷了。

結果演變成了愛理沙要在由弦家留宿一晚的狀況。

到了晚餐後。

由弦一人坐在浴室前。

從背後傳來淋浴的水聲和愛理沙的聲音。

「由弦同學，你在那裡嗎？」

「我在。」

由弦大聲回話。同時在心裡嘆了口氣。

（真是的，該說她太愛操心了嗎？膽小也該有個限度吧？）

要是淋浴途中停電了，只有我一個人的話我會怕，希望你能待在附近。

基於這樣的理由，由弦必須在這裡等愛理沙沖完澡。

「唉，會怕也是沒辦法……」

無論是誰都有不擅長面對、害怕的事物。對愛理沙來說，那就是暗處。既然這樣……他也無可奈何。

就在他想著這些事情之際……

「……咦？」

眼前突然暗了下來。

由弦大概花了一秒才理解到家裡停電了。

「愛理沙，妳沒事……」

「由弦同學！」

一身濕的愛理沙忽然打開門衝向他。由弦連忙支撐住愛理沙的身體。

「喂、喂，愛理沙。妳冷靜點。」

雖然嘴上這麼說，但由弦的腦袋也是一片混亂。

儘管因為一片漆黑而看不見，可是全身赤裸的同學給抱住，會感到混亂也是理所當然的。

在這種失去冷靜的情況下，還被愛理沙抱著的由弦打算關上還開著的蓮蓬頭，一腳踏進了浴室……

「啊。」

由於肥皂和水而變得相當濕滑的地板害他失去平衡滑倒了。兩人就這樣一起倒向蓮蓬頭……

「咿！」

「好冰！」

蓮蓬頭的水從溫水變成了冷水，由弦和愛理沙一起被淋濕了。

由弦連忙在黑暗中摸索，關上了蓮蓬頭。

「……對、對不起。」
「不、不會……真要說起來是我不對……」
淋了冷水冷靜下來後的兩人雙雙開口道歉。
「那、那個……由弦同學，可以請你退開嗎？」
「咦？啊、啊啊……抱、抱歉！」
發現自己壓在全裸的愛理沙身上，由弦連忙退開。
然後他打算先拿浴巾給愛理沙，但是他把手伸向毛巾架的位置……卻發現那裡什麼都沒有。
「咦？妳……知道浴巾上哪去了嗎？」
「……知道，雖然整條都濕了。」
看來浴巾在一團混亂中掉到了地上，淋到了蓮蓬頭的冷水。
儘管如此，總是比什麼都沒有好……於是愛理沙在黑暗中擰乾了浴巾，圍在身上。
「……總之我先去拿手電筒來吧。」
就在由弦這麼說著，打算起身時……有什麼東西緊緊地拉住了他。不用說也知道，是愛理沙。
「別、別留我一個人在這裡。」
「不，不是，可是……」

「隨便亂動很危險！我、我們先等一下吧，說不定電馬上就會來了！」

見愛理沙這麼拚命地說服他，由弦只好暫時繼續待在原地。

他是覺得留愛理沙一個人在這裡不太好……不過一方面也是因為他不想一身濕地在家裡找東西。

「……」

「……」

由弦和愛理沙在黑暗中沉默不語。而且兩人都低著頭。

和同班同學只有兩個人，在一片漆黑的浴室，雙方都一身濕，其中一人還全裸。

氣氛會變得有點奇怪也是很自然的事。

「有點冷呢……」

感覺有些尷尬的由弦低聲說道。畢竟穿著被冷水淋濕的衣服，要說會冷那也是當然的。

「……把衣服脫了可能會比較好。」

「是、是這樣嗎？」

「一直穿著會感冒的喔。」

由弦在愛理沙的發言驅使下，脫掉了上衣。可是就算這樣還是很冷。

「……我也開始冷起來了。」

愛理沙也接著說道。

然後雙方都抬起了頭。因為眼睛已經習慣黑暗了，可以知道對方就在自己的眼前。

兩人自然地貼近彼此。

他們互相握住彼此的手。感受到對方的體溫緩緩傳了過來。對冰冷的身體來說感覺非常溫暖。

「這、這樣下去……感覺真的會感冒呢。」

「對、對啊。身體著涼了就不好了。」

身體著涼可不好。兩人像是以此為藉口地說著這些話，又更貼近了彼此。

先是握手，再來是用手臂勾著手臂，最後是身體和身體靠在一起，互相擁抱，緊貼著對方。

「……很、很冷呢。」

「確實很冷呢。」

明明沒有那麼冷。明明身體已經暖起來了。

兩人一邊說著這種話，一邊讓他們的上半身和上半身緊密地貼合在一起，同時逐漸地縮短下半身之間的距離。

「……愛理沙。」

由弦在黑暗中喊了女性朋友的名字。

她非常柔軟、溫暖。

稍微挪動一下身體，就能感受到她身為女孩子那滑嫩柔軟的肌膚觸感。

伴隨著噗通噗通的心跳聲，他可以透過自己的胸膛，清楚地感受到她柔軟的雙峰正因為擠壓而變了形。

視線往下移之後，可以在黑暗中看到她有些朦朧的雪白背部。

自己現在正摸著的背。

要是周圍有一點光，就可以更清楚地看見她雪白的背了。由弦對此感到非常遺憾。

她柔軟、纖細，卻又非常美麗的肉體，刺激著由弦的本能。

由弦的血液自然集中到了下半身，身體熱了起來。

「由弦同學……」

愛理沙在黑暗中喊了男性朋友的名字。

他非常結實、溫暖。

在手臂上施力，抱緊他的身體後，就能感受到他結實的肌肉觸感。

男孩子的、男性的，和自己截然不同，強而有力的肉體。

自己胸前柔軟的乳房被他厚實的胸膛擠壓著。

視線往下移之後，可以稍微看見他健壯的背部。

無論是背還是肩膀，光是輕輕用手摸過，就足以理解到上頭有著一層厚實的肌肉。

要是眼睛更習慣黑暗一點，就能更清楚地看見他強壯的背了。愛理沙對此感到非常遺憾。

他結實、可靠，強壯的肉體，逐漸融化了愛理沙的理智。

她的胸口和下腹部莫名地有些空虛難受。

「愛理沙……」

「……由弦同學。」

等他們注意到時，愛理沙已經整個人坐到了由弦的腿上。

愛理沙的腿繞到了由弦的背後，纏住了他的身體。

相對的，由弦也用力地抱住了愛理沙，不讓她從自己身上掉下去。

不僅上半身和上半身，連下半身和下半身都緊密地貼在一起。

由弦變熱變硬的「男性象徵」隔著褲子厚實的布料，抵著愛理沙溫熱柔軟的「女性象徵」。

這個事實讓由弦的本能更是亢奮，而這觸感也讓愛理沙的理性神魂蕩漾。

要是沒有褲子，就沒有任何東西能阻擋兩人下腹部的接觸了。

發生了不該發生的事。

不過……不管有沒有褲子在，事情發生也只是時間早晚的問題。

由弦撫摸著她背部的手緩緩往下移動。

愛理沙的手則是摸上了由弦的褲子，輕輕地用手指勾著褲頭邊緣，想將褲子往下……

「嗯？」

「咦？」

這時候，由弦和愛理沙的眼前忽然一片白。

兩人反射性地瞇細了眼睛。

突然從黑得伸手不見五指變得能清楚看見周遭……是電來了。

「「啊。」」

兩人的視線交會。

彼此都睜大了眼睛，接著肌膚泛起紅暈……兩人像是互斥的磁鐵般彈了開來。

「不、不是……那個……」

「這、這是因為那個……」

由弦連忙抓起脫下的衣服，愛理沙則是用掉下來的浴巾遮住身體，用慌張的語氣企圖辯解。

「總、總之，身體暖起來了呢！」

「是、是啊！這樣就不、不會感冒了！」

他們是為了溫暖冰涼的身體，才會抱在一起的。

絕對不是順應本能，更遑論是受到性慾驅使的行為。

雙方都忙著解釋自己絕對不是想做什麼不道德的事情。

「啊，我去拿新的浴巾過來。」

「啊，好的！麻、麻煩你了！」

由弦說完後逃也似的衝出去了。

而被留在原地的愛理沙肌膚染上了薔薇色的紅暈，蹲坐在地，用雙手抱著自己的身體。

在那之後兩個人幾乎沒說什麼話便早早就寢……

沒發生任何事地迎來了隔天的早晨。

後記

初次見面的各位大家好，好久不見的各位好久不見。我是櫻木櫻。

非常感謝各位拿起了這本書。

第一集是男女主角互相被對方吸引的故事，第二集則是寫到了兩人開始意識到自己喜歡對方的部分。至於對自己的心意有所自覺的兩人之後會變得怎麼樣……我希望能寫在第三集裡。

此外，本作品的漫畫版也已經決定要在Young Ace UP上連載了，不嫌棄的話，還請大家也看看漫畫版。

那麼差不多該讓我向大家道謝了。

負責本書插圖的clear老師。謝謝你幫本書畫了這麼可愛又出色的插圖。打從心底致上我最深的感謝。

也感謝參與本書製作流程的每一位工作人員。而最感謝的當然是買下了這本書的各位讀者。

那麼期待第三集還能再與各位相見。

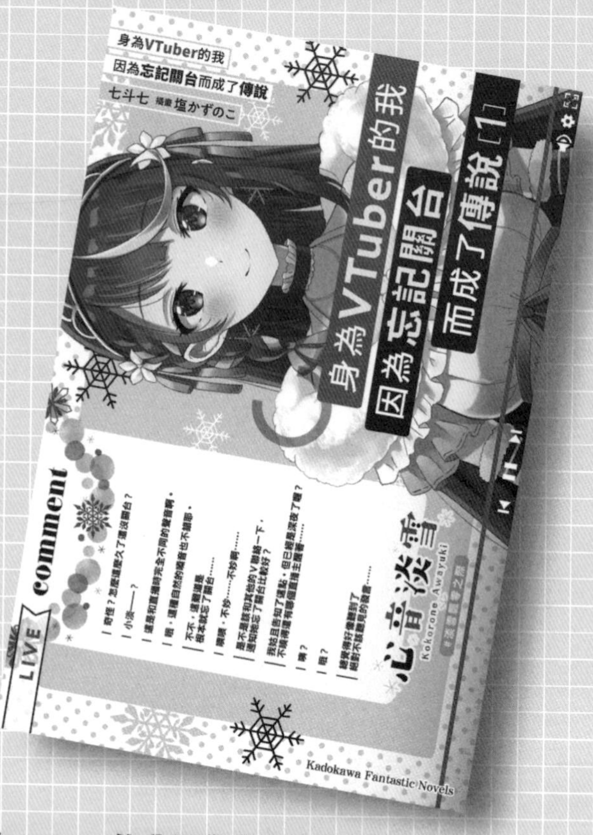

身為VTuber的我因為忘記關台而成了傳說 1 待續

Kadokawa Fantastic Novels

作者：七斗七　插畫：塩かずのこ

中之人與螢幕形象的 巨大反差＝衝突美？

Live-ON三期生，以「清秀」為賣點的VTuber心音淡雪，因為忘記關台而把真面目暴露得一覽無遺！沒想到隔天非但沒鬧得雞飛狗跳，甚至因為反差效果而大紅大紫！結果——「好咧！來加把勁直播啦——！」放縱自我的她，就這樣衝上了超人氣VTuber之路？

NT$200/HK$67

義妹生活
1
三河ご一すと
插畫 Hiten
Days with my Step Sister
presented by
ghost mikawa
Kadokawa Fantastic Novels

繼母的拖油瓶是我的前女友 1~6 待續

Kadokawa Fantastic Novels

作者：紙城境介　插畫：たかやKi

「我問妳。『喜歡』究竟是什麼？」
前情侶面對彼此情感的文化祭篇！

時值初秋，水斗與結女同時被選為校慶文化祭的執行委員……隨著兩人獨處的時間變長，水斗試著確認夏日祭典那個吻的意義，結女則想讓水斗察覺到她的感情。兩人一邊互相刺探，一邊迎接校慶日的到來──

各 **NT$220~250/HK$73~83**

國家圖書館出版品預行編目資料

一點都不想相親的我設下高門檻條件,結果同班同學成了婚約對象!? / 櫻木櫻作 ; Demi譯. -- 初版. -- 臺北市 : 臺灣角川股份有限公司, 2022.05-
冊 ; 公分

譯自 : お見合いしたくなかったので、無理難題な条件をつけたら同級生が来た件について
ISBN 978-626-321-433-0(第2冊 : 平裝)

861.57 111003460

Kadokawa
Fantastic
Novels

一點都不想相親的我設下高門檻條件，結果同班同學成了婚約對象!? 2

（原著名：お見合いしたくなかったので、無理難題な条件をつけたら同級生が来た件について 2）

2022年5月25日 初版第1刷發行
2023年3月16日 初版第3刷發行

作者：櫻木櫻
插畫：clear
譯者：Demi

發行人：岩崎剛人
總編輯：蔡佩芬
編輯：邱瓈萱
美術設計：吳佳昀
印務：李明修（主任）、張加恩（主任）、張凱棋

發行所：台灣角川股份有限公司
地址：104台北市中山區松江路223號3樓
電話：（02）2515-3000
傳真：（02）2515-0033
網址：www.kadokawa.com.tw
劃撥帳戶：台灣角川股份有限公司
劃撥帳號：19487412
法律顧問：有澤法律事務所
製版：尚騰印刷事業有限公司
ISBN：978-626-321-433-0